ちくま学芸文庫

アイデンティティが人を殺す

アミン・マアルーフ
小野正嗣 訳

筑摩書房

アンドレのために
ルシュディのために
タレクのために
ジアドのために

目次

はじめに　009
Ⅰ　私のアイデンティティ、私のさまざまな帰属　015
Ⅱ　近代が他者のもとから到来するとき　059
Ⅲ　地球規模の部族の時代　103
Ⅳ　ヒョウを飼い馴らす　139
おわりに　185

アイデンティティが人を殺す

はじめに

自分を「フランス人」だと感じますか？　それとも「レバノン人」だと感じますか？　一九七六年にレバノンを離れてフランスに住むようになって以来、まったく他意はないと思うのですが幾度となく訊かれてきました。私の返事はいつも同じです。「両方ですよ！」。両方の顔を立てようとしてそう言っているのではありません。ちがう答え方をすれば嘘になるからです。ほかでもない私という人間を形づくっているのは、このように私が二つの国、二つから三つの言語、そして複数の文化的伝統の境界で生きているという事実なのです。これが私のアイデンティティなのです。自分自身の一部分を切り離したところで、より本物の私になれるわけではないでしょう。

質問してくださる人たちには、だから辛抱強く説明します。私はレバノンで生まれ、二十七歳までそこで暮らしました。アラビア語が私の母語です。デュマを、ディケンズを、『ガリヴァー旅行記』を、まずアラビア語訳を通じて発見しました。そして本当に幸福な子供時代を過ごし、私の小説の着想源となる物語を聞いたのは、私の先祖が代々暮らしてきた山あいの村でした。どれも決して忘れることのできない大切な思い出です。しかしその一方で、私はもう二十二年ものあいだずっとフランスに暮らしています。フランスの水とワインを飲み、日々フランスの古い石造りの建物に触れ、フランス語で本を書いているのです。このフランスという土地が私にとって異郷となることは決してないでしょう。

ということは、半分がフランス人で、半分がレバノン人ってこと？　とんでもない！アイデンティティを切り分けることはできません。半分に分けたり、三つに分けたり、細かく区切ったりはできないのです。私には複数のアイデンティティなどありません。ただ一つのアイデンティティしかないのです。このアイデンティティはさまざまな要素から成り立っているのですが、ただ、その〈配分〉が人ごとにまったく異なるのです。

ところが、私という人間の成り立ちには私が帰属しているすべてが必要なのだと具体的な理由を挙げながら事細かく説明したあとでも、そばにやって来て私の肩に手をそっと置くと、こうささやいてくる人がいるのです。「あなたがそうおっしゃるのはごもっともです。でもね、自分のいちばん深いところでは、自分を何者だと感じていらっしゃるんですか？」

そんなふうに長年しつこく訊かれ続けてきました。これまでは笑ってやり過ごしてきました。しかし、さすがにもう笑えません。というのもこの問いは、広く共有された、そして私には危険なものに思える、ある人間観を如実に示しているからです。「自分のいちばん深いところでは」あなたは何者なのですか、という問いかけの前提にあるのは、各人の

「いちばん深いところには」、その人が帰属する唯一のもの、いわばその人の「深い真実」、「本質」があって、それは生まれながらに定まっており変化することはない、という考え方だからです。あたかも、それ以外のもの――自由な人間として生きていくなかで身につけてきたその人自身の信念、好み、感受性、他の人との相性、要するに人生そのもの――にはまったく意味などないかのようです。昨今、「自分のアイデンティティを表明する」よう求められることが増えました。それは要するに、あの本質的な帰属なるもの――たいていの場合、宗教か人種か民族なのですが――を、自分のいちばん深いところに見出し、他の人々に向かって誇らしげに掲げなくてはならない、ということなのです。

　すると、より複雑なアイデンティティを持つ者が、のけ者にされることになります。アルジェリア人の両親のもと、フランスで生まれた若者は自分のうちに明らかに二つの帰属を持っているわけですから、そのどちらとも自分のものだと認めることができるはずです。いま話をわかりやすくするために二つと言いましたが、彼の人格を構成する要素はもっとたくさんあります。言語であれ、信仰であれ、生活様式であれ、家族関係であれ、芸術の趣味や料理の好みであれ、彼のなかでは、フランス、ヨーロッパ、西洋から受けた影響が、アラブ、ベルベル、アフリカ、イスラムから受けた影響と混じりあっています。この経験は、その若者がこれを自由に享受し、自らの多様性を積極的に受け入れてよいのだと感じているのであれば、実り多く豊かなものになるでしょう。しかし逆に、彼が自分はフランス人だと言うたびに、裏切り者、背教者とそしられ、アルジェリアとその歴史と文化と宗教への愛着を示すたびに、無理解や疑念や敵意に出会うとしたら、彼の人生はトラウマに満ちたものになるでしょう。

ライン川の向こう岸では、さらにデリケートな状況が生じています。たとえば、フランクフルト近郊で生まれ、三十年以上ずっとドイツで生活し、ドイツ語を両親の母語であるトルコ語よりもはるかに上手に読み書きのできるトルコ人の男性のケースを考えてみましょう。彼は、受け入れ側の社会からは、ドイツ人とは認めてもらえない。他方、送り出し側の社会から見ると、本物のトルコ人とは認めてもらえないのです。良識的に考えれば、彼は当然この二重の帰属の両方とも自分のものだと主張できるはずです。ところが現時点では、法律的にも心理的にも、彼がこの複合的なアイデンティティを矛盾なく引き受けることを可能にしてくれるものが何もないのです。

思いつくままに、いくつかの例を挙げてみました。ほかにも例はいくらでもあります。ベオグラードでセルビア人の母とクロアチア人の父とのあいだに生まれた人、ツチの男性と結婚したフツの女性、あるいはその反対の場合。黒人の父とユダヤ人の母とのあいだに生まれたアメリカ人などなど……。

そういうのはかなり特殊な例だ、と考える人もいるかもしれません。正直なところ、私はそうは思いません。なにも私がいくつか例として挙げた者たちだけが複雑なアイデンティティを持っているのではありません。どんな人間のなかでも、多数の帰属の出会いが生じており、そうした帰属がときには対立しあい、胸の引き裂かれるような選択を強いるのです。一目でそうだとわかるような人たちもいますし、より間近から見なければ、その人の持つ複雑なアイデンティティがわからないこともあります。

こんにちのヨーロッパでは、どんな人であれ、何世紀も続いてきた国家――フランス、スペイン、デンマーク、イギリス……――への帰属意識と、ひとつになったヨーロッパへの帰属意識とのあいだで引き裂かれるような思い――それはますます強くなる一方です――をしているはずです。そしてバスク地方からスコットランドに至るまで、どれほど多くのヨーロッパ人が、ひとつの地域、そこに暮らす人々、その歴史と言語に根強い帰属意識を感じていることでしょう。アメリカ合衆国の社会において自分が何者か考えようとすれば、アフリカ系、ヒスパニック系、アイルランド系、イタリア系、ポーランド系といった自らの出自をどうしても意識することになるはずです。

とはいえ、私が最初に挙げたいくつかの例には特殊なところがあることは認めましょう。そのすべてが、こんにち激しく対立している複数の帰属を抱え込んだ人々に関わるものだからです。彼らは民族や宗教といった分断線に貫かれた、いわば境界線上の人々です。しかし、まさにこのような――さすがに「特権的な」とは言いませんが――状況ゆえに、彼らには果たすべき役割があります。さまざまな結びつきを作り出し、誤解を解消させる。

理性に訴えかけ、怒りをなだめ、困難を取り除き、和解をもたらす……。彼らの使命は、さまざまな共同体、さまざまな文化のあいだを結ぶハイフン、通路、媒介者となることです。それゆえにこそ、彼らのジレンマが持つ意味は重いわけです。もしも彼らがそのうちに抱える数多くの帰属を受け入れることができないのなら、そしてたえずどの陣営を選ぶかを要求され、どの部族につくかを命じられるとしたら、そのときこそ私たちはこの世界の進み行きに不安を抱くべきなのです。

「選ぶことを要求され」、「命じられ」と私は書きました。いったい誰がそう命じているのでしょうか？　狂信者や排外主義者だけではありません。あなたや私、私たちの一人ひとりがそう命じているのです。まさに、私たちすべてのなかに深く根づいた習慣的な思考と表現ゆえにアイデンティティにはただひとつの帰属しかないと声高に主張する、偏狭で、排他的で、盲信的で、単純きわまわりない考え方ゆえに。

こんなふうにして殺戮者が「製造される」のだと私は声を大にして言いたいのです。いささか乱暴な断言であることは認めます。ですが、これからこの本のなかで私の考えるところを説明していくつもりです。

I

私のアイデンティティ、私のさまざまな帰属

1

アイデンティティという言葉は偽りの友である

作家として生きていくうちに、私は言葉というものを慎重に扱うようになりました。往々にして、きわめて明瞭に思える言葉ほど人を欺くからです。そうした偽りの友のひとつが「アイデンティティ」という言葉です。誰もがこの語の意味するところを知っていると思っているので、この語がひそかに反対のことを意味し始めても、私たちは疑おうともしないのです。

ここで、さらにアイデンティティの概念を定義し直すつもりはまったくありません。これはソクラテスの「汝自身を知れ！」以来、数多くの思想家たちを経てフロイトに至るまで、哲学の原初的な問いなのですから。いまこの時代に、この問いにあらためて挑むには、私などが持ち合わせている以上の能力と果敢さが必要でしょう。私が取り組んでみたい課題はもっとささやかなものです。つまり、こんにちかくも多くの人々が宗教的アイデンティティ、民族的アイデンティティ、国民的アイデンティティ、その他諸々のアイデンティティの名のもとに、数々の罪を犯すのはどうしてなのか理解したいのです。太古の昔からそうだったのでしょうか？　あるいは私たちの時代に特有の現象なのでしょうか？　私の議論はときにひどく初歩的なものに思えるかもしれません。でもそれは、専門用語に頼ったり都合よく議論をはしょったりすることなく、できるかぎりじっくり慎重に、そしてひとつひとつていねいに考えていきたいと思っているからなのです。

ほかとはちがう〈私〉を作るもの

「身分証明書」と呼ばれるものには、氏名、生年月日、写真、身体的特徴、署名、ときには指紋が記載されています――こうした一連の指標が、誤解の余地なく示しているのは、この書類の持ち主が某《なにがし》という者であること、他の何百万の人のなかには、そっくりさんだろうが双子のもう片方だろうが、この人と取り違えられるような人間はただの一人も存在しないということです。

私のアイデンティティとは、私がほかの誰とも同じにはならないようにしてくれるものです。

こう定義しますと、アイデンティティという語は、混乱など招きそうにない、かなり明確な概念です。まったく同じ人など二人として存在しないし存在することはできません。長々と論じるまでもないことです。かりに将来、現在懸念されているように人間を「クローン化する」ことができたとしても、厳密に言えば、クローンたちが同じなのは、「誕生」の瞬間だけです。人生の最初の一歩を踏み出すやいなや、彼らはたがいに違ったものになるはずです。

各人のアイデンティティは、公式の記録簿に記された諸要素以外の実に多くの要素から構成されています。なるほど、大多数の人たちは、あるひとつの宗教的伝統に属し、ひとつの（ときにはふたつの）国籍を持ち、あるひとつの民族や言語集団に属しています。大小の差はあれひとつの家族に属し、ある職業に従事し、ある特定の制度、ある特定の社会的環境のなかで生きている……。しかし、このリストはまだまだ長くなりますし、潜在的にはキリがありません。地方、村、地区、氏族、スポーツのチーム、職場、仲間、組合、企業、政党、協会、教区、同じ情熱や同じ性的嗜好や同じ身体的な障害を持つ者同士、同じ困難に直面した者同士から成るコミュニティに、人は大なり小なり帰属意識を持つものだからです。

明らかに、こうした帰属のすべてが同じだけの重要性を――いずれにしても同じ瞬間に――持つことはありません。しかし、どれひとつとしてまったく無意味というわけでもないのです。これらはどれも人格を構成する要素です。もちろん大部分は生得的なものではないのですが、ほとんど「魂の遺伝子」と言っていいくらいです。

多くの人々がこれらの要素をすべて持っているのだとしても、異なる二人の人間において、その組み合わせがまったく同じになることは決してないのです。まさにそれゆえに、人それぞれに豊かさと価値があるわけです。それゆえに、どんな人間の存在もただひとつしかない、潜在的に取り替えのきかないものとなるのです。

アイデンティティは時代によって変わる

幸か不幸か、ある出来事、ある偶然の出会いが、何百年も受け継いできたものに対する帰属意識よりも、私たちのアイデンティティの感情にとって重要に思えることがあります。いまから二十年前にサラエヴォのカフェで出会って恋に落ち、結婚したセルビア人男性とイスラム女性のケースを想像してみてください。このカップルはもう、セルビア人同士のカップルともイスラム教徒同士のカップルとも、アイデンティティについて同じように考えることはできないでしょう。二人の信仰についての考え方も、祖国についての考え方と同様、変わらざるをえないでしょう。二人のそれぞれには、生まれたときに親から受け継いだ帰属先があるわけですが、それに対する受けとめ方も変わってくるでしょうし、その持つ意味も変わってくるはずです。

まだ私たちはサラエヴォにいるのだと想像して、さらに調査を続けてみましょう。通りに出て、五十歳ほどの男性を一人観察してみましょう。

一九八〇年頃であれば、この男性は、誇らしげに決然と「私はユーゴスラヴィア人だ！」と宣言したことでしょう。もう少し詳しく教えてくださいと乞われたら、こう説明してくれるはずです。ボスニア・ヘルツェゴビナ連邦共和国に住んでおりましてね、ついでに申し上げると、イスラムを信仰する家の生まれです、と。

この男性に、十二年後の戦争のさなかに出会って、同じ質問をしたら、彼は「私はイスラム教徒だ！」と力強く即答するでしょう。たぶん、慣習にしたがってひげを伸ばしているかもしれない。さらにすぐにこう付け加えるでしょうね。私はボスニア人なんだ、と。むかしは誇らしげにユーゴスラヴィア人だって言ってたじゃないですかなどと言われたら、いやな顔をするはずです。

さていま、この男性が通りで尋ねられたとします。彼はまず、自分はボスニア人だと答え、次にイスラム教徒だと言うでしょう。ちょうどモスクに行くところなんですよ、と。ですが、彼はこうも言いたいのです。わが国はヨーロッパの一部であり、いつかヨーロッパ連合に加盟することを望んでいる、と。

この人に二十年後に同じ場所で会うと想像してください。彼はどんなふうに自己紹介するでしょうか？　彼のいくつもある帰属のうちのどれをいちばん上位に置くでしょうか？　ヨーロッパ人？　イスラム教徒？　ボスニア人？　ほかのもの？　もしかしてバルカン人？

予言などをするつもりはさらさらありません。これらのすべての要素が実際に彼のアイデンティティのなかには含まれているのです。この男性はイスラムの伝統を持つ家に生まれました。言語的には、かつては同じひとつの国家に統合されていたものの現在はそうではない南スラヴ人に属しています。ときにオスマン領となり、ときにオーストリア領となりながら、ヨーロッパ史の巨大なドラマのなかで大きな役割を果たしてきた土地に暮らしています。時代が変わるたびに、彼の帰属するもののうちのあるひとつが、言ってみれば膨張して、ほかの帰属を呑みこんでしまい、それが彼のアイデンティティそのものだと誤解されてしまったわけです。生きていくなかで、いろんな物語を聞かされてきたことでしょう。そのせいで、自分は正真正銘のプロレタリアートだ、と思い込んでいた時期もあれば、自分は正真正銘のユーゴスラヴィア人だ、と信じていた時期もあったでしょう。そして最近では、自分は正真正銘のイスラム教徒だ、と思っているのです。だから、困窮に喘いでいた時期には、自分はトリエステの人間よりもカブールの人間にずっと近い、と信じ込んでさえいたのです

人には複数の帰属がある

主要な帰属はたったひとつしかない、と考える人々がいつの時代にもいました。それはどんな状況にあっても他の帰属に優越しているので、「アイデンティティ」と呼んでよいのはその帰属だけだというのです。ある者たちにとっては、それは民族《ナシオン》であり、他の者たちにとっては宗教や階級であったりするわけです。しかし世界中で生じているさまざまな紛争に目を向ければ、絶対的に他に優越する帰属などないことがわかるはずです。自分の

信仰がおびやかされていると感じるとき、人はアイデンティティとは宗教的な帰属にほかならないと考えがちです。しかし自分の母語やエスニック集団がおびやかされれば、宗教を同じくする者たちとでも激しく争うのです。トルコ人とクルド人は言語はちがうとはいえ、ともにイスラム教徒であることに変わりありません。だからといって両者の衝突は血塗られたものにならなかったでしょうか？　フツ族はツチ族と同じカトリック教徒で同じ言語を話しますが、だからといって両者の殺し合いが回避できたでしょうか？　チェコ人とスロヴァキア人はともにカトリック教徒ですが、だからといって両者の共存はうまくいったでしょうか？

これらの例からはっきりわかると思いますが、各人のアイデンティティを構成する諸要素のあいだにはつねにある種の上下関係が存在します。しかしそれは不変ではなく、時とともに変化し、人のふるまいを根底から変えるのです。

しかも私たち一人ひとりの生活において重要な帰属は必ずしもつねに、主要なものとされる帰属、つまり言語、肌色、国籍、階級、宗教といった帰属ではありません。ファシズム時代のイタリア人の同性愛者の例を考えてみましょう。この人にとって、彼という人格のこの部分が重要な意味を持っていたのはたしかですが、それは職業や政治的選択や宗教的信仰以上に重要だったわけではないでしょう。ところが突然、彼は国家的な弾圧の対象となり、いまや侮辱や強制移送や死の危険に曝されるのです——そういう話を本で読んだか映画で観たことがあります。したがって数年前までは愛国者であり、おそらくナショナリストであったこの男性は、いまでは目の前をイタリア軍が行進していくのを目にしても喜びを感じることはできない。それどころか、その敗北を望むようにさえなっているかもしれない。迫害を受けたことで、性的指向がほかの何の帰属にもまして大切に思えるようになり、当時最高潮に達していた国家への帰属意識さえかすんでしまうのです。戦争が終わってようやく、より寛容になったイタリアで、この人は心から自分がイタリア人だと感じられるようになるでしょう。

人が主張するアイデンティティは往々にして、敵のアイデンティティを——ネガとして——写し取ったものです。カトリックのアイルランド人男性は、まずイギリス人との宗教的なちがいを強調します。しかし君主制支持者に対しては、自分は共和制支持者だと言うのです。そしてゲール語を十分に知らない場合でも、少なくともゲール語っぽく英語を喋るわけです。カトリックの指導者がオックスフォード訛りで喋ろうものなら背教者扱いされかねません。

アイデンティティのメカニズムの——ときに微笑ましく、ときに悲劇的な——複雑さを物語る例はまだいくらでもあります。以下おいおいとそのいくつかを紹介したいと思います。ざっと手短に語って済ます場合もありますが、私の出身地域——中近東、地中海、アラブ世界についてはかなり詳細に語ることになるでしょう。まずはレバノンについてお話しします。この国では、人はたえずおのれの帰属、出自、他者との関係、自分の占めうる場所について自問せずにはいられない状況に置かれているからです。

2

私のアイデンティティをかたちづくるさまざまな帰属

人々が良心の究明を行なうように、ときおり私は自分の「アイデンティティの究明」を行ないます。目的は——おわかりだと思いますが——私のなかに、これこそ自分のものだと認められる「本質的な」帰属を見つけることではありません。それは私とまったく反対の態度です。私は記憶を探って、自分のアイデンティティの要素をできるだけ多く取り出していくのです。そしてそれらを集め、並べていくわけですが、なにひとつ否定することはありません。

私の一族はもともとアラビア南部の出身です。何世紀ものあいだレバノンの山間部に定住していましたが、移住を重ねていくうちに、エジプトからブラジル、キューバからオーストラリアと地球のさまざまな場所に広がっています。私の一族の誇りは、おそらく紀元二、三世紀頃から、つまりイスラムが勃興する以前から、そして西洋世界がキリスト教に改宗する以前から、つねに変わらずアラブ人でありキリスト教徒だったことなのです。
キリスト教徒でありながらイスラムの聖なる言語であるアラビア語が母語であるという事実は、私のアイデンティティを作り上げてきた根本的な逆説のひとつです。私にとって、この言語を話すことは、日々この言語で祈りをあげながらも、ほとんどの場合私よりもこの言語を知らないすべての人たちと関係を取り結ぶことにほかなりません。ある人が中央アジアにいて、イスラム神学校の入り口で年老いた賢者に会ったとします。そのときアラビア語で話しかけるだけで、友の土地にいる気がするでしょう。ロシア語とか英語ではとてもできないような感じで胸襟を開いて話すこともできるでしょう。

この言語は、私たちに、つまり彼にも私にも、そして他の十億人以上の人々にも共通のものなのです。しかも私は、キリスト教に帰属していること——それが信仰に根ざすものなのか、たんなる社会学的な事実なのかは問題ではありません——によって、世界のほぼ二十億人を超えるキリスト教徒と深く結びついてもいるのです。多くの点で、私は他のアラブ人やイスラム教徒とちがうように、他のキリスト教徒ともちがっています。しかし私が両者に対して、一方に対しては宗教的、知的に、他方に対しては言語的、文化的に似ているということは否定できません。

とはいっても、アラブ人であり、なおかつキリスト教徒であるというのは、きわめてマイナーで特殊な状況であって、そう簡単に受け入れられるものではありません。こうした状況は、いつまでも根深く人に影響を残すものです。この本を書くことを含め、私がこれまでの人生のなかで行なってきた選択のほとんどが、私の置かれたこのような状況に左右されてきたことは否めません。

ですから私のアイデンティティのこのふたつの要素を別々に考慮するときには、一方で言語を通じて、他方で宗教を通じて、私は人類のほぼ半分に対して親しみを覚えるのです。そしてこれらふたつの基準を合わせて考慮するときには、私は自分の特殊性に直面させられるわけです。

ほかのさまざまな帰属についても同じことが言えると思うのです。フランス人であるという事実を、私は他の六千万の人々と共有しています。一方、レバノン人であるという事実を、ディアスポラの人たちも含めれば、私は八百万から一千万の人々と共有していることになります。しかし、フランス人であると同時にレバノン人でもあるという事実を、私はいったいどれだけの人々と共有しているでしょうか？　せいぜい数千かそこらでしょう。

私の帰属のそれぞれが、そのつど私を数多くの人たちに結びつけ直すのです。とはいえ、考慮に入れる帰属の数が増えれば増えるほど、私のアイデンティティはそれだけ特殊なものになるわけです。

自分の出自についてもう少し詳しく言わせてもらえば、私が生まれたのは、ビザンチン的な儀式に忠実でありながらもローマ教皇の権威を認めるギリシア正教派、メルキト派のコミュニティでした。はたから見れば、このような帰属はちょっと珍しい細部でしかありません。ですが近くから見れば、アイデンティティをかたちづくる上で決定的な要素なのです。有力ないくつかのコミュニティが領土と権力をめぐって闘争をくり返してきたレバノンのような国では、私の出身コミュニティのような少数派コミュニティに生きる人たちが、武器を手に取るようなことはたえてありませんでした。真っ先に亡命していたのです。私自身もつねに、こんな愚かしく自殺的としか思えない戦争に巻き込まれまいとしてきました。しかし、こうした考え方、距離を置いた見方、武器を取ることを拒否する態度は、私が周縁的なコミュニティに属していたことと決して無関係ではありません。

そのコミュニティがメルキト派なのです。とはいえ、かりに誰かがたわむれに私の名前を戸籍簿――ご推察のとおり、レバノンでは戸籍簿は宗教的な帰属にしたがって作成されます――に探すとしましょう。すると私がメルキト派ではなくて、プロテスタントとして登録されていることを発見するでしょう。いったいどうして？　その話をすれば長くなってしまいます。ここではただ、私の家族にはライバル関係にある二つの宗教的伝統があって、私は子供のころずっとその軋轢の証人であったとだけ言っておきたいと思います。証人、いや、ときには賭け金でさえあったのです。というのも、私がフランスの学校、イエズス会系の学校に入学したのは、熱心なカトリック信者であった母が、私をプロテスタントの影響から遠ざけようとしたからなのです。当時父方の家系ではプロテスタントの影響が強く、子供たちは代々アメリカかイギリスの学校に送られていました。こうした軋轢のために、私はフランス語使用者になったわけで、その結果、レバノン内戦のあいだ、ニューヨークでもバンクーバーでもロンドンでもなく、パリに移住し、フランス語でものを書くようになったのです。

私のアイデンティティをかたちづくる他の細部についてもお話しすべきでしょうか？トルコ人の祖母と、エジプトのマロン派のその夫のことを、そして私の生まれるだいぶ前に死んだ、聞いたところによれば詩人にして自由思想家であり、おそらくはフリーメーソンで、とにかく激しい反教権主義者であったもう一人の祖父のことを語るべきでしょうか？　モリエールをアラビア語に初めて訳し、一八四八年にオスマン帝国の一劇場で上演させた高祖おじまでさかのぼって話をすべきでしょうか？

いや、もう十分でしょう。この辺でやめて、こう問うてみたいのです。私のアイデンティティをかたちづくり、私の人生の大まかな道筋を描いてきたこうした雑多な要素を、果たしてどれだけの人が私と共有しているでしょうか？　そんな人はほとんどいないと思うのです。いや、ひとりもいないかもしれません。そして、まさにこの点を私は強調したいのです。つまり、私の帰属のひとつひとつを取ってみるなら、私は実に多くの人たちとある程度は似ています。ところがこれらの帰属を全体としてみるなら、私はほかのどんなアイデンティティとも混同されない固有のアイデンティティを持つことになるのです。

話をちょっと敷衍して次のように言えるかもしれません。なるほど、どんな人間とも私はいくつかの帰属を共有している。しかし世界中どこを探しても、私の帰属のすべてはむろんのこと、その大部分ですら共有する者はいない、と。だから、いくつもあるそうした基準のうちのほんの一握りを示すだけで、私のアイデンティティは特殊なものであり、他人のアイデンティティとは――かりにそれが私の息子や父のものであったとしても――まったく異なるものであることが明らかになります。

どのようなアイデンティティも特殊なケースである

ここまで書いてきたようなことを書き出すまでには、ずいぶんためらいもありました。冒頭からこんなふうに自分自身のことを長々と書いてよいのかどうかと……。

一方では、よく慣れ親しんだ例を使いながら、どのようにして人が、いくつかの帰属を基準にして、自分と似た者らとのつながりを表明し、なおかつみずからの特殊性を表明することができるのかを語りたかったのです。その一方で、特殊なケースの分析を押し進めていけばいくほど、「そんなのはまさに特殊なケースじゃないか」と反論される危険があることにも気づかないわけにもいきませんでした。

結局、自分自身の「アイデンティティの究明」を行なおうとしている良心的な人であれば、自分自身もまた私とまったく同じく特殊なケースなのだと気づくはずだと信じて、えいやと書き出したわけです。人類全体が特殊なケースからしかできていないし、人生とは差異を生み出すものなのです。かりに「再生産」がなされるのだとしても、決して同じものは生まれません。誰のものであれ、アイデンティティは例外なく複合的なものなのです。ちょっと自問してみればいいのです。忘れていた裂け目や思いも寄らぬ分裂が見つかるでしょう。自分という存在が複雑で、たったひとつしかなく、取り替えのきかないものだとわかるはずです。

各人のアイデンティティを特徴づけるのはまさにこのこと――複雑で、たったひとつしかなく、取り替えがきかず、他の誰のものとも混同されないということなのです。私がこの点を強調するのは、いまなお広く流布しているけれど私の目にはひどく危険に映るある習慣的な考え方のせいなのです。それによれば、自分のアイデンティティを表明するには、「私はアラブ人だ」、「私はフランス人だ」、「私は黒人だ」、「私はセルビア人だ」、「私はイスラム教徒だ」、「私はユダヤ人だ」と言うだけでよいというのです。私がしたように、自分の多数の帰属をいちいち並べ上げようものなら、自分のアイデンティティをあらゆる色が打ち消しあうどろどろのスープに「溶かす」ことを望んでいるとして、たちどころに非難されることになります。ところが、その反対のことを私は言おうとしているのです。すべての人間が同じだということではなく、各人がちがうということです。たぶんセルビア人はクロアチア人とはちがうでしょう。しかし個々のセルビア人はほかのセルビア人とはちがうし、個々のクロアチア人もまたほかのクロアチア人とはちがうのです。そしてレバノンのキリスト教徒がレバノンのイスラム教徒と異なるように、まったく同じレバノン人など二人としていないし、まったく同じイスラム教徒など二人としていません。それは、世界のどこを探してもまったく同じフランス人、アフリカ人、アラブ人、ユダヤ人が二人としていないのと同じです。人間は交換不可能なものであり、ルワンダでもアイルランドでもレバノンでもアルジェリアでもボスニアでもいいですが、同じ家庭の、同じ環境に生きてきた二人の兄弟のあいだでも、さまざまなちがいが生じるのは当たり前のことです。一見些細なちがいであっても、それが政治や宗教や日常生活において、二人に正反対の行動を取らせることになるのです。それゆえに、二人のうち一方が殺人者になって、他方が対話と和解の人になるようなことさえ起こるのです。

アイデンティティとまなざし

私がここまで書いてきたことに、正面切って異を唱えようと思う人はほとんどいないでしょう。ところが、現実に行動するとなると私たちはまるきり正反対のことをするのです。私たちは安易に、全然ちがう人々を同じひとつの言葉でひとまとまりにしてしまうし、やはり安易に、そうした人々に犯罪やら集団的行為やら集団的意見を負わせるのです――「セルビア人が虐殺した……」、「イギリス人が略奪した……」、「ユダヤ人がだまし取った……」、「黒人が放火した……」、「アラブ人は拒絶する……」云々。これこれの民族は「働き者」だの、「抜け目がない」だの、「怠惰」だの、「怒りっぽい」だの、「陰険」だの、「誇り高い」だの、「頑固」だの、私たちは深く考えずに決めつけ、それがときには流血の惨事を生むこともあるのです。

私たちの同時代人がこのような習慣的な物言いをただちに改めることを期待するのは現実的ではないと承知しています。しかし私たちの一人ひとりが、こうした物言いは無実ではないこと、こうした言葉が、異常で殺人的なものだと歴史的に証明された偏見を存続させてきたことを意識するのは大切だと思うのです。

というのも、しばしば他者をより狭隘な帰属のなかに閉じ込めるのは私たちのまなざしであり、他者を解放しうるのもまた私たちのまなざしだからです。

3

アイデンティティは生得的なものではない

アイデンティティはただ一度きりで与えられるものではありません。人生を通じて構築され変形されていくのです。これは多くの著作がすでに語り、多くの紙幅を費やして説明してきたことですが、ここでさらに強調しておいても無駄ではないでしょう。つまり、生まれたときにはすでに私たちのなかにあるアイデンティティの諸要素——身体的特徴のいくつか、性別、肌の色……——はあまり多くはないのです。しかも、そのすべてが生得的なわけではありません。性別を決定するのはもちろん社会環境ではありませんが、にもかかわらずこの帰属の意味を決定するのは社会環境なのです。カブールとオスロでは、女として生まれることの意味はちがいます。女らしさ《フェミニテ》も、アイデンティティのほかの要素も、経験のされ方はまるで変わってきます。

肌色に関しても同じことが言えると思います。生まれたのがニューヨークなのか、ラゴス［ナイジェリア最大の都市］なのか、プレトリアなのか、ルワンダ［アンゴラの首都］なのかで、黒人であることの意味は変わってきます。アイデンティティの観点からすると、同じ色ではないと言えるくらいです。ナイジェリアで生まれた子供にしてみれば、彼のアイデンティティにとってもっとも決定的な要素は、自分が白人ではなく黒人であるという事実ではなくて、例えば、自分がハウサ族ではなくてヨルバ族であるという事実なのです。南アフリカでは、自分が白人であるか黒人であるかは依然としてアイデンティティの重要な要素です。しかし少なくとも民族的な帰属——ズールーか、ゾーサであるかなど——も同じくらい重要です。アメリカ合衆国では、ハウサ族ではなくてヨルバ族の出身だろうが、そんなことはまったく問題になりません。民族的な出自がアイデンティティにとって決定的なのは、イタリア系、イギリス系、アイルランド系というように、とりわけ白人たちにおいてなのです。他方で、先祖に白人も黒人もいる人は、アメリカでは「黒人」と見なされますが、南アフリカやアンゴラでは「混血」と見なされます。

どうして混血の概念は、ある国々では考慮に入れられるのに他の国々ではそうではないのでしょうか？　どうして民族的な帰属は、ある社会では決定的なのに他の社会ではそうではないのでしょうか？　それぞれのケースについて大なり小なり説得力のある説明はできるはずです。ですが、いま私が関心を持っているのはそうしたことではありません。こうした例を挙げたのは、肌色や性別を同じくすることはアイデンティティの「絶対的」要素ではないことを強調したいからです。ほかの要素であれば、なおさら相対的なものになります。

アイデンティティの要素のうちで、本当に生得的なものがどれくらい重要なのかを知りたければ、次のような想定をしてみればよいのです。生まれたばかりの赤ん坊をその環境から引き離し、異なる環境に置きます。そして、そこでその子が獲得しうる多様な「アイデンティティ」を、直面することになる戦いとそうせずにすむ戦いとを比べてみましょう……。言うまでもありませんが、この赤ん坊は、「彼の」もともとの宗教の記憶も、「彼の」民族の記憶も、「彼の」言語の記憶を持つことはないでしょうし、本来であれば仲間だったはずの者たちと激しく戦っている可能性だってあります。

ですから、ある人のあるグループへの帰属を決めるのは、本質的には他者の影響なのです。彼を仲間にしようとする近しい者たち——両親、同国人、宗教を同じくする人——の影響と、彼を排除しようとする目の前の者たちの影響なのです。私たちのそれぞれが、そこへ行くよう背中を押される道、通るのを禁じられた道、足下に様々な罠が仕組まれた道のあいだに、自分で道を切り開かねばならないのです。人はいっきに自分自身になるのではありません。自分が何者であるのかを「気づく」だけではなく、その自分になるのです。自分のアイデンティティに「気づく」だけではなく、それを一歩また一歩と獲得していくのです。

この学習は非常に早く幼年期から始まります。望もうが望むまいが、まわりの者たちが私たちを型に入れてこしらえ上げるのです。家族の信仰、儀式、態度、慣習を、言うまでもなく母語を、そして恐怖、希望、偏見、恨みを、さまざまな帰属意識と非帰属意識を教え込むのです。

そしてやはり非常に早くから、家でも学校でも近所の通りでも、心を傷つけられる経験をすることになるのです。他者の言葉や視線から、自分が貧乏だとか、足をひきずっているとか、背が低いとか、足が長いとか、肌が浅黒いとか、金髪だとか、割礼しているとかしていないとか、孤児だとか感じさせられる——こうした数えきれない大小の差異が、個々の人格の輪郭を描き、行為や意見や恐怖や野心をかたちづくるわけです。たいていの場合、それらは何にもまして人格を形成するものなのですが、ときにはいつまでも癒えぬ傷となって疼き続けることもあります。

心の傷としてのアイデンティティ

人生のいろんな段階で、私たちのみずからの帰属に対する態度と、そうした帰属間の序列を決定するのがこの傷なのです。宗教を理由にいじめられたら、肌色や訛りや継ぎの当たった服を馬鹿にされ笑われたとしたら、私たちはそのことをいつまでも忘れないでしょう。ここまでずっと、アイデンティティは数多くの帰属から作られているという事実を強調してきました。しかし、アイデンティティはひとつなのであって、私たちはこれをひとつの全体として生きているという事実も同じくらい強調しなければなりません。ある人のアイデンティティは、自律したいくつもの帰属を並べ上げたものではありません。それは「パッチワーク」ではなく、ぴんと張られた皮膚の上に描かれた模様なのです。たったひとつの帰属に触れられるだけで、その人のすべてが震えるのです。

そのうえ私たちには、いちばん攻撃にさらされる帰属におのれの姿を認める傾向があります。そして、自分にその帰属を守る力がないと感じるとき、それを隠すものです。するとその帰属は自分自身の奥底にとどまり、陰にひそんだまま復讐の機会を待つのです。その帰属を引き受けようが隠そうが、それとなく主張しようが声高に主張しようが、人がおのれのアイデンティティを見出すのはその帰属なのです。問題になっているこの帰属――

肌色、宗教、言語、階級……――はそのときアイデンティティ全体に広がっていくのです。それを共有する者たちはたがいに仲間意識を感じ、結集し、行動を共にし、励ましあいながら、「目の前にいる者たち」を攻撃します。彼らにとって、「自分たちのアイデンティティを表明すること」は必然的に勇気ある行為、解放的な行為となるのです……。

傷つけられたコミュニティのそれぞれに煽動者が現われるのは自然の流れでしょう。怒りからか計算ずくか、煽動者たちは傷を癒してくれるような過激な発言をします。他者に敬意を懇願してはいけないと彼らは言います。それは借金をするようなもので、むしろこちらから敬意を要求しなければならないのだ、と。彼らは勝利や復讐を約束して、人々の精神を鼓舞し、深い傷を負った仲間たちがひそかに夢見ていたかもしれない極端な手段に訴えることもあります。かくして、いつ戦争が起きても不思議ではない舞台が整うわけです。何が起ころうとも、「あいつら」は戦争を仕掛けられて当然だし、「私たち」は大昔から「あいつらに耐え忍ばされてきたすべてのこと」――犯罪、収奪、侮辱、恐怖、名前、日付、数字――を何ひとつ忘れてはいないぞ、と。

「殺人的な狂気」はどのようにして生まれるのか

国が戦争状態になって、暮らしていた地区が隣の地区からの砲撃にさらされたことがあります。避難所となった地下室の外では爆発音が轟き、部屋のなかでは、もうすぐ攻撃があるらしいという噂や、喉をかき切られて殺された家族たちの話がきりなくささやかれていました。そこで、おなかの大きな若い妻とまだ幼い息子と一緒に一晩だったか二晩だったか過ごさなければなりませんでした。そのような経験をすると、どんな人間でも恐怖のあまり犯罪を犯しうるということが骨身に染みてわかります。もしもあの噂が嘘ではなくて、私の地区で本当に殺戮が起こっていたとしたら、私はあんなふうにずっと冷静でいられただろうか？　もしもあの避難所で二日ではなく、ひと月も過ごしていたら、私は手渡されたかもしれない武器を握ることを拒絶していただろうか？

こんなことをくどくどと自問せずに済むのならそれにこしたことはありません。幸運にも私はそうした目に遭わずに済みました。幸運にも早い時期に家族と一緒に無傷のまま戦場から抜け出すことができました。幸運にも手を汚すこともなければ罪悪感を覚えるようなこともせずに済みました。しかし、それは「幸運」だったからにすぎません。もしもレバノン内戦が始まったとき、私が二十六歳ではなく十六歳だったら、もしも私が愛する者を失っていたら、別の社会環境に、別のコミュニティに属していたとしたら、事態はまったく違ったふうになっていたでしょう……。

民族的虐殺が新たに起こるたびに、どうやったら人間にこんな残虐なことができるのかと私たちは自問します。なかには、私たちの理解や論理をはるかに超えたすさまじい殺戮もあります。すると、私たちはそれを殺人的な狂気だとか、先祖代々受け継がれてきた血塗られた狂気だとか言うわけです。ある意味でたしかに狂気は存在します。精神の正常な人がある日いきなりなり殺人者になるとき、それは狂気の沙汰です。しかし、そういう殺人者が何千、何百万にもなるとき、そしてこうした現象が国を越え、異なる文化において、あらゆる宗教の信者においても信仰を持たない者たちにおいてもくり返されるとき、それを「狂気」というだけでは不十分です。私たちが都合よく「殺人的な狂気」と呼んでいるものは、自分の「部族」が脅威にさらされていると感じると殺戮者に変わってしまう、私たち人間の持つ傾向のことなのです。恐怖や不安という感情は、つねに理性的な判断にしたがうわけではありません。誇張されたりパラノイア的になったりすることがあるのです。しかし、ある人々がいったん恐怖を抱くと、実際に危険があるかどうかよりも、恐怖の感情のほうが重視されるのです。

民族であれ宗教であれ国家であれ、あるいはその他のものであれ、ほかの帰属よりも殺人的な傾向の強い帰属があるとは思いません。ここ数年来の出来事をざっと思い返してみれば明らかですが、人間のコミュニティはどんなものでも、生きていくなかで侮辱されたり脅されたりしたと感じれば、殺人者を生み出す傾向を持つものです。そして殺人者たちは最悪の残虐行為に手を染めながらも、自分らは当然のことを行なっているのであって、天国行きは約束され、身近な者たちの賞賛を浴びることになると信じて疑わないのです。私たち一人ひとりのなかにハイド氏がいるのです。肝心なのは、この怪物が出てくる条件が出揃うのを阻止することです。

「部族的な」アイデンティティの危険

すべての殺戮に当てはまるような普遍的な説明があるとは思っていませんし、奇蹟的な解決策を提案するつもりなどなおさらありません。単純なアイデンティティが存在しないように、単純な解決策があるはずがありません。世界は複雑な機械なのであって、ドライバー一本あれば分解できるような代物ではないのです。だからといって、観察すること、理解しようと努めること、思索を深めること、議論すること、時には具体的な思考の道筋を提示することを諦めてはいけません。

この本を貫く主題を、次のように言い表すことができるでしょう。国や置かれた条件や信仰がちがえども、人間というものがかくも容易に殺戮者になってしまうのは、そして、ありとあらゆる狂信者たちがかくも容易にアイデンティティの守護者だと認められてしまうのは、そうした逸脱を容易にするような、アイデンティティの「部族的」な概念が世界中にはびこっているからです。これは過去に生じた数々の争いから受け継がれてきた考え方で、よくよく考えれば、私たちの多くが拒否するようなものです。ところが私たちは習慣から、想像力の欠如から、あるいは諦めから、このような考え方を手放すことができず、望んでもいないのに、心底戦慄を覚えるような惨劇に手を貸すことになってしまうのです。

4

アイデンティティが「人を殺す」とき

この本で最初から私は、アイデンティティが「人を殺す」ということについて語っています――こうした言い方が大袈裟だとは思いません。私が非難している考え方、つまりアイデンティティにはただひとつの帰属しかないという考え方によって、人々は偏った、党派的で、不寛容で、支配的な、ときには自殺的な態度に陥り、殺人者や殺人者の支持者になってしまうということがしばしば起きているからです。こうした人々の世界観は偏り歪んでいます。同じコミュニティに属する者たちは「私たち」となるわけですが、私たちは彼らと連帯したいと思いつつも専制的な態度を取ることも辞さないのです。つまり、もし彼らが「なまぬるい」と思えたら、彼らを告発し、脅し、「裏切り者」、「背教者」として罰するのです。そのほかの者たち、対岸にいる者たちについては、決して彼らの立場に身を置こうとはしないのです。彼らも問題によっては完全には間違っているわけではないのかもしれないと自問することは避けて、彼らの嘆き、苦悩、彼らが犠牲となっている不正義によって心をほだされないようにするのです。大切なのは「私たち」の観点だというわけです。そしてその観点は、コミュニティでももっとも戦闘的で煽動的で怒り狂った人たちの見方であることがしばしばなのです。

反対に、自分のアイデンティティには、民族の歴史と結びついているものもあればそうではないものもあるし、宗教的な伝統と結びついているものもあればそうではないものもある、というように、アイデンティティを多数の帰属からできていると考えるならば、そして自分のなかに、自分自身の出自や人生のなかに、さまざまなものが流れ込み、合流し、混じりあいながら、微妙で矛盾したさまざまな影響が生じているのが認められるのなら、自分自身の「部族」とも他者たちとも異なる関係が作り出されることになります。もう単に「私たち」と「彼ら」――次の対決や次の反撃を準備している、戦闘状態にあるふたつの軍隊――が存在しているのではありません。「私たち」の側にも、私とほんの少ししか共通点のない人はいるし、彼らの側にも、私が自分ときわめて近いものを感じられる人たちがいるのです。

しかし、あらためて先に述べたような態度について考えれば、これがどのようにして人々を最悪の事態へと導くかは想像がつくでしょう。「他者」が自分たちの民族や宗教や国家への脅威だと感じられれば、それを取り除くためになされうることはすべて完璧に正当なものだと思えるのです。かりに殺戮を犯すことになるとしても、それは自分の周囲の者たちの命を守るために必要な措置なのだと確信しているのです。そして、彼らの取り巻きの者たちはみなこの感情を共有しているので、殺戮者たちはしばしば良心の呵責を感じることもなく、犯罪者呼ばわりされることにむしろ驚くくらいなのです。おれたちが犯罪者のわけがないじゃないか、と彼らは言います。だって、おれたちは、年老いた母を、兄弟姉妹を、子供たちを守ろうとしているだけなんだから、と。

身内が生き残るために行動しているのだ。そうした者たちの願いを叶えようとしているのだ。すぐにとはいかなくとも、少なくとも長い目でみれば正当防衛をしているのだ――こうした感情は近年、ルワンダから旧ユーゴスラヴィアまで地球上のさまざまな場所で、きわめておぞましい犯罪を犯した者たちすべてに共通して見受けられる特質です。

これは例外的な特殊なケースではありません。世界は傷を負ったコミュニティだらけです。それらはいまもなお迫害を受け、あるいは過去の苦悩の記憶をいまも忘れず、いつか復讐することを夢見ているのです。彼らの受難に無関心のままでいることはできません。自分たちの言語を自由に話したい、自分たちの宗教を何の恐れもなく実践したい、自分たちの伝統を守っていきたいという彼らの気持ちには同情するほかありません。しかし時おり、同情は迎合的な態度に転化するものです。植民地支配や人種差別や外国人差別に苦しんできた者たちが、過剰なナショナリズムや人種差別や外国人差別に走るのを私たちは許容しがちです。そうやって、少なくとも大量の血が流されない限りは、犠牲者の運命など考えもしないのです。

というのも、アイデンティティの主張はどこまでが正当であり、どこからが他者の権利の侵害となるのか、私たちには決してわからないからです！　だからこそ、冒頭から「アイデンティティ」という語は「偽りの友」だと申し上げたのです。この語は初めは正当な希求を反映しているのですが、突如戦争の道具になるのです。この意味のすり替えは、ごく自然に、さりげなくなされてしまうので、誰もがだまされてしまうのです。私たちは不正を非難し、苦しむ人々の権利を擁護していたと思っていたのに、翌日には殺戮の共犯者になっているのです。

近年世界で起こっている殺戮はみな、血塗られた紛争の大部分がそうであるように、古くからあるきわめて複雑なアイデンティティの「問題」と関連するものです。絶望的なことにも犠牲者はいつも同じ人々であることもあれば、立場が逆転して、かつては死刑執行人だった者たちがいまでは犠牲者となり、犠牲者が死刑執行人になることもあります。むろん言うまでもありませんが、死刑執行人だとか犠牲者だとかいう言葉自体は外部の観察者にとってしか意味を持ちません。アイデンティティをめぐるこうした争いに直接かかわっている人々、苦しんでいる人々、恐怖を抱いている人々にとっては、ただ「私たち」と「彼ら」しか、侮辱と償いしかないのです！　「私たち」は必ず、そして定義からして、無実の犠牲者であり、非難されるべきはつねに「彼ら」なのです。いま何を耐えしのんでいようが、昔からつねに悪いのは「彼ら」なのです。

そして私たちの視線が、つまり外部の観察者の視線ということですが、このいびつなゲームに混じりあうとき、そして私たちが一方のコミュニティには子羊の役を、他方のコミュニティには狼の役をあてがうとき、気づかないうちに、一方の側には罪はないともう最初から決めつけているのです。最近の紛争で見られたことですが、自民族に対して残虐な行為を犯す者たちもいました。国際世論が即座にそれを敵の仕業だと見なして非難するのは目に見えていたからです。

アイデンティティについての新しい考え方が必要である

このような迎合的な態度に、同じくらい憂鬱な、また別のものが加わります。それは永遠の懐疑主義者たちによるものです。アイデンティティをめぐる殺戮が新たに起こるたびに彼らは即座に言います。人類は誕生以来いつだってこうだったのだ、事態が変化するのを望むなんてナイーヴだし間違っている、と。民族虐殺は、意識的にか無意識的にかを問わず、集団によってなされる情痴犯罪《クリーム・パッショネル》として扱われるのです。たしかに嘆かわしくはあるが理解の範囲内であるし、いずれにしても避けがたいものだと。なぜならこれは「人間性に内在する」犯罪なのだからと……。

殺戮を放置するこのような態度がすでに多くの損害をもたらしてきました。そのよりどころとされている現実主義は、その名に値するものではないと思います。アイデンティティの「部族的な」概念がいま、狂信的な者たちだけに限らず世界中で支配的になっていることは、残念ですが紛れもない事実です。とはいえ、何世紀にもわたって支配的であったものの、現在ではもう容認されていない考え方もあります。男の女に対する「当然の」優越とか、人種間の序列とか、もっと身近な例では、アパルトヘイトや様々な分離政策がそうです。拷問もまた、長きにわたって正義が行使される際には「普通のこと」だと見なされていました。奴隷制度にしても長いあいだ自明のものと見なされ、過去の偉大な精神の持ち主たちが疑義を差し挟むことすらなかったのです。

それから新しい考え方がゆっくりと浸透していったのです。人間はみな、しっかり定義して尊重しなければならない諸権利を持っている。女は男と同じ権利を持つべきである。自然は保護されなければならない。ますます環境、平和、国際交流、大災害への対策といった多くの領域で、人類はますます関心を共有しつつある。人間の基本的諸権利が尊重されていない場合には、その国の内政に干渉できるし、しなければならない、というようになった……。

つまり、歴史を通じて支配的であった諸々の考え方が数十年先も支配的のままだとは限らないと言いたいのです。新しい現実が出来するとき、自分たちの態度や習慣を考え直す必要が生じます。そうした新しい現実が出現するのが早過ぎると、私たちの心性はついていけず、気づけば火事を消そうとして可燃物を注いでいるのです。

加速していくばかりの目の眩むような混淆を生じさせながら、私たちのすべてを包含するこのグローバル化の時代にあっては、アイデンティティの新しい考え方が必要です——それも緊急に！　何百万もの途方に暮れた人たちに対して、自分たちのアイデンティティを過激に主張するのがいいのかアイデンティティを失うのがいいのか、原理主義がいいのかばらばらに崩壊するのがいいのか、どちらかを選べと、選択を突きつけるだけでは済まないのです。ところが、まさしくそういうことを、この領域でなおも支配的な考え方は前提としているのです。もしも私たちの同時代人が自分の帰属は多数あると認められるようにならなければ、アイデンティティへの欲求を、異文化に対する率直でコンプレックスのない開かれた態度と和解させることができなければ、そしてもしも私たちが自己の否定か他者の否定の二者択一しかないと感じているのならば、私たちは血塗られた狂人や途方に暮れた者を大量に生み出すことになるでしょう。

境界上のアイデンティティの可能性

しかしここでしばらく、この本の最初で挙げたいくつかの例に立ち戻ってみたいのです。セルビア人の母とクロアチア人の父を持つ男性は、彼の二重の帰属を受け入れることができれば、いかなる民族的虐殺にも「浄化」にも加わることは決してないでしょう。フツ族の母とツチ族の父を持つ男性は、彼を生んだこれらふたつの「合流するところ」が自分なのだと受け入れることができれば、殺戮者にも虐殺者にも決してならないでしょう。そして私が先に挙げた、アルジェリア系フランス人の若者も、トルコ系ドイツ人の若者も、自分の複合的なアイデンティティを心穏やかに生きることができれば、狂信者たちの側につくことは決してないでしょう。

極端な例にすぎないと思うかもしれませんが、そんなことはありません。今日では至るところで、宗教や肌色や言語や民族や国籍の異なる人間集団が隣りあって暮らしています。至るところで、多少なりとも古くからある暴力的な緊張が——移民ともともとの住民、白人と黒人、カトリックとプロテスタント、ユダヤ人とアラブ人、ヒンドゥー教徒とシーク教徒、リトアニア人とロシア人、セルビア人とアルバニア人、ギリシア人とトルコ人、ベルギーのフラマン系とワロン系、華人とマレー人のあいだに——高まりつつあります。そう、どの分裂した社会でも至るところで、自分のなかに矛盾するいくつもの帰属を抱えながら、対立するふたつのコミュニティの境界で生きている人々が存在します。いわば、民族、宗教、その他の分断線に貫かれた人々が存在するのです。

そうした人々はほんの一握りしかいない例外的な人たちではないのです。何千、何百万といて、その数は増える一方です。生まれながらに、あるいは人生の偶然によって、あるいはみずからの意思によって、「境界人」である彼らは、諸々の出来事において重きをなし、天秤の棒を一方から他方へとひっくり返しうるのです。そのなかでもみずからの多様性を十全に受けとめることができる者たちは、多様なコミュニティのあいだの、多様な文化のあいだの「中継役」になれるでしょう。彼らが生きる社会において、いわば「つなぎ」の役割を果たすことができるでしょう。反対に、みずからの多様性を引き受けることができない者たちは、アイデンティティによるきわめて危険な殺人者となって、ひとに忘れてもらいたいおのれの部分を代表している者たちを激しく攻撃するのです。歴史を通じて数多くの例を私たちが目にしてきた、あの「自己憎悪」というやつです……。

5

移民の抱く感情について

私が言っているようなことは、移民とか少数派の言いそうなことなのかもしれません。しかしそこには私たちと同時代を生きる人々に次第に共有されつつある感受性が反映されていると思うのです。誰もが言ってみれば移民とか少数派になったというのが、私たちの時代の特徴ではないでしょうか？　誰もが自分の出身地とは似ても似つかぬ世界で生きることを余儀なくされています。誰もが他の言語（ラング）や話し方（ランガージュ）、文化、コードを学ばなくてはなりません。誰もが幼いころからこうだと思ってきた自分のアイデンティティが脅威にさらされていると感じています。

出生地をあとにしてきた者は多いし、また、出生地を離れずとも、そこにかつての姿を認めることができない人たちも数多くいます――それは、ついノスタルジーに駆られてしまうという人間の魂のつねに変わらぬ性質によるところも大きいでしょう。ですが、それはまた、かつてならば何世代もかかったことが三十年で経験されてしまうような急速な発展のせいでもあるのです。

したがって移民という境遇はもはや単に、生まれ育った環境から引き離された人々というカテゴリーにとどまらず、典型例としての価値を持つようになったのです。アイデンティティの「部族的な」概念の最初の犠牲者となるのが移民です。重要な帰属がただひとつしかなく、絶対にひとつを選ばなければならないのだとしたら、移民は引き裂かれることになります。彼はどうしても、生まれ故郷か受け入れ国のどちらか一方を裏切らざるをえず、つらさと怒りに苛まれながらこの裏切りを経験することでしょう。

よそからやって来る移民である以前に、ひとはまず外に出ていく移民なのです。つまりある国にやって来る前に、別の国を離れなければならなかったのです。あとにした土地に対する感情は決して単純なものではありません。そこを去ったということは、迫害、危険、貧困、見通しのなさなど拒絶してきた多くの事柄があるということです。しかしこうした拒絶には罪の意識がついて離れません。身近な者たちを見捨ててしまったという悔恨、自分の育った家、美しい思い出の数々。そしてまた言語や宗教への深い愛着、音楽、亡命仲間たち、祭り、料理……。

同様に、受け入れ国に対して抱く感情もやはり両義的なものです。そこにやって来たのは、むろん自分にとっても家族にとってもよりよい生活を望んでのことです。しかしこの期待には、未知なるものを前にした不安がつきまといます――自分にとって不利な力関係のなかに置かれているのだからなおさらです。拒絶され、侮辱されるのではないかと不安は募ります。いつなんどき軽蔑や皮肉や憐憫にさらされるかもしれません。

そういうときにひとはまず、差異を誇示するのではなく、目立たなくするものです。大部分の移民が心ひそかに願うのは、その国に生まれた人間だと思われることなのです。移民が最初に試みるのは、受け入れ国の人々の真似をすることです。時にそれがうまく行くこともありますが、たいていの場合そうはなりません。喋るとなまっているし、肌の色は違うし、それらしい姓や名も、しかるべき書類も持っていないのですから。彼らの目論見はたちまち見抜かれてしまいます。そんなことは試みるまでもないとわかっているひとは数多くいます。だから彼らはプライドや虚勢から、実際以上に自分たちの違いを強調するのです。言うまでもないことですが、さらに極端に走る者たちもいます。そして暴力的な異議申し立てにその不満のはけ口を求めるのです。

移民に関するふたつの極論とそれに対する反論

移民の心情について長々と述べたのは、私自身がこのジレンマをよく知っているからだけではありません。この領域では他のどんな領域にもまして、アイデンティティをめぐる緊張がきわめて殺人的な逸脱を生じさせる可能性が高いからなのです。

今日、ローカルな文化の担い手である従来の住民と、異なる伝統を持って移り住んで来た住民とが隣りあわせで暮らす数多くの国において、緊張が高まっています。それが個々人の行動や社会の雰囲気や政治的議論に影響を及ぼしています。かくも人間の情念を揺さぶるこうした問題には、叡智と冷静さを備えた視線を向けることがなおのこと必要になってきます。

叡智とは尾根を縫っていく道、ふたつの断崖のあいだ、ふたつの極端な考え方のあいだを走る狭い道なのです。移民に関する極端な考え方のひとつ目のものは、受け入れ国を、各人が好きなことを書きつけることのできる真っ白な頁と見なすものです。それがひどくなると、受け入れ国を、各人が自分のふるまいや習慣を何ひとつ変えることなく、武器と荷物を手にやって来て住み着くことのできる空き地だと考えるようになります。もうひとつの極端な考え方は、受け入れ国をすでに文字が印刷された頁と見なすものです。そこには、法律や価値や信仰や文化的および人間的な特質がすでにしっかりと書き込まれており、移民はそれに適応すればよいだけだ、と。

このふたつの考え方は両方とも、非現実的で不毛で有害なものだと思われます。私は誇張しすぎでしょうか？　そうは思いません。かりにそうだったしても、誇張してみるのは無駄ではありません。自分の立場を徹底的に押し進めていったら、それがどれほど愚かしいことなるかを各人が理解する助けとなるからです。頑固に意見を変えない人もいるでしょう。でも良識ある人たちは明らかに妥協点を探るでしょう。つまり、受け入れ国は真っ白な頁でもなければ完成された頁でもなく、書かれつつある頁なのです。

各人の歴史は尊重されなければなりません――私はもちろん「歴史」を愛する者として歴史という言葉を使っています。私にとって歴史の概念は、空虚なノスタルジーとか懐古趣味の同義語ではありません。反対にこれは、何世紀にもわたって作り上げられてきたすべてのもの、記憶、象徴、制度、言語、芸術作品、ひとが当然愛着を覚えてしかるべきものを包摂する概念なのです。同時に誰もが認めると思いますが、ある国の未来はその国の歴史の単なる延長ではありません――それがどんな民族であれ、自分たちの歴史を自分たちの未来より崇め奉るのは嘆かわしいことですらあります。未来は、連続性意識のうちに作られていくものですが、過去の偉大な時代においてそうであったように、そこには大きな変動が伴い、外部から重要なものがもたらされることになります。

誰もが知っている当たり前の事実を私は羅列しただけなのかもしれません。たぶんそうでしょう。ですが、さまざまな緊張は続き、悪化しているのですから、こうした事実は自明でもなければ納得されてもいないということになります。この無理解の霧を払って私が明らかにしたいのは、コンセンサスなどではありません。行動方針というか、少なくとも一方にとっても他方にとっても防火線となりうるものを見つけたいのです。
一方にとっても他方にとっても、ということは強調しておきます。私は問題に取り組む際、つねに相互性ということを重視しています――公平になるよう、と同時に効果的なものになるよう心がけています。このような観点から私は「一方に対しては」、こう言いたいと思います。「あなた方が受け入れ国の文化を受け入れれば受け入れるだけ、あなた方の文化はその国に受け入れられるのです」。そして「他方に対しては」、こう言いたいと思います。「自分の文化が尊重されていると移民が感じれば感じるだけ、彼は受け入れ国の文化に開かれていくものです」

私はこのふたつの「等式」を同時に述べました。なぜなら両者はちょうど脚立の足のように、両方が揃って初めて「成り立つ」ものだからです。あるいは、さらに俗っぽい言い方をすれば、両者は契約書の連続する条項のようなものです。というのも、まさにこれは、構成する要素が個々の事例に即して明確に定義されうる道徳契約だからです。受け入れ国の文化のなかで、誰もが最低限従うべきはどのようなことなのか？　抗議したり抵抗したりすることが認められているのはどのようなことなのか？　移民たちの出身国の文化に関しても、同じ問いかけがなされなくてはいけません。その文化を構成するどのような要素が、ちょうど貴重な婚資のように受け入れ国に移し替えられるに値するだろうか？　そしてどのようなものを――どのような習慣、どのような実践を「クロークに」残しておくべきだろうか？

このような問いが立てられ、各人が個々のケースに即して考える努力をしなくてはなりません。たとえ、そうやってもたらされうる異なる解答が完全に満足のゆくものにならないのだとしてもです。フランスで暮らしている私としては、この国が受け継いできたもののなかで、フランスに住みたいと思う者たちが従うべきものをいちいち数え上げるような真似はしたくありません。私が引き合いに出す要素のひとつひとつに対して、それが共和制原理であれ、生活様式の一側面であれ、傑出した人物とか象徴的な場所であれ、ひとつとして例外なく異議を唱えることはできるし、それで正しいのです。ですが、何もかもいっぺんに拒絶できると考えるのは大間違いです。現実が不確実で、把握しがたく、流動的だからといって、その現実が存在しないことにはなりません。

ここでも鍵となる言葉は相互性です。私が受け入れ国に従い、ここが自分の国なのだと考えるなら、この国がこれからは自分の一部であり自分もまたこの国の一部であると思って行動するなら、そのとき私には、この国のさまざまな側面のそれぞれを批判する権利があるのです。同じように、もしこの国が私を尊重し、私のもたらすものを受け入れてくれるなら、私の特性を認め、私のことを自分の一部と見なしてくれるなら、そのときこの国には、その生活様式とか諸制度を支える精神と両立できないような、私の文化の側面を拒否する権利があるのです。

他者を批判する権利は手に入るものですし、それだけの価値があります。もし相手に対して敵意や軽蔑を見せていたら、根拠があろうがなかろうが、どんな些細な意見であっても攻撃と受けとめられるでしょう。相手は態度を硬化させて、自分の殻に閉じこもるでしょうし、相手に非を認めさせることはむずかしくなります。反対に、相手に対して友愛や共感や敬意を感じているのだと、うわべだけでなく、心から示せば、相手の批判すべきところは批判できるし、ちゃんと話を聞いてもらえる可能性もあります。

私がこんなことを言うのは、「イスラムのヴェール」をめぐってさまざまな国で闘われた論争のことが念頭にあるからでしょうか？　それは私が言いたいことの核心ではありませんが、それでも移民との関係についてちがう考え方ができれば、こうした問題の解決は確実に容易になると思うのです。自分の言語が馬鹿にされ、自分の宗教がないがしろにされ、自分の文化が貶められていると感じるとき、ひとはおのれの差異を示す徴をこれみよがしに掲げるものです。反対に、自分が尊重されていると感じれば、そこで生きていくと決めた国に自分の場所があると感じられれば、反応の仕方も変わってきます。

他者へと歩み寄ることを決めたら、両腕を広げ、顔をまっすぐ上げて進まなければなりません。それに顔をまっすぐ上げていなければ両腕を広げることはできません。一歩踏み出すごとに、仲間を裏切り自分を否認しているような気がしたら、そのような他者へのアプローチは間違っています。その言語を私が学んでいるひとが、私の母語を尊重してくれなければ、彼の言語を喋ることは、自分を他者へと開くことではなく、忠誠と服従の行為となってしまいます。

イスラム女性の「ヴェール」について

しかし、ここで少しだけ先ほどの「ヴェール」の着用の話に戻りますと、私はあれが過去を懐かしむ時代錯誤の行動だとは思わないのです。その理由なら、私自身の確信にもとづいて、そしてアラブ＝イスラム世界の歴史とその女性たちの解放を目指す闘争の歴史のさまざまなエピソードを紹介しながら、いくらでも語ることはできます。ですが、そんなことをしても何の役にも立たないでしょうし、本当の問題はそんなことではないのです。本当の問題は、これが懐古主義と近代との争いなのかどうかではなく、さまざまな人民の歴史において、どうして近代は拒絶されることがあるのか、どうして近代は必ずしも進歩として、歓迎すべき進化として受け取られるわけではないのかなのです。

アイデンティティについての考察において、この問いは今日かつてないほど重要なものとなっています。そしてこの点で、アラブ世界の例はきわめて示唆に富むのです。

II

近代が他者のもとから到来するとき

1

テクストは変化せず、解釈が変化する

アラブ世界に魅了されたり不安を覚えたり、恐れや興味を抱く者であれば時おり、ふと次のように問わずにはいられないものです。

ヴェールやチャードルをかぶり、悲しげな髭を伸ばしたりするのはなぜなのか？　すぐに殺人という手段に訴えるのはなぜなのか？　時代錯誤的で、暴力に満ちているのはなぜなのか？　こうしたいっさいは、アラブ社会に、その文化と宗教に内在するものなのだろうか。イスラムは、自由、民主主義、人権、近代とは両立しえないものなのだろうか。

こうした問いが生じるのは当然のことですが、これには単純すぎる答えが与えられがちです。両方の側から与えられていると言うべきだったかもしれません——お気づきと思いますが、「両方の側から」というのは、私の好きな表現です。イスラムに対して否定的な昔ながらの偏見を相変わらずくり返し、嫌悪すべき出来事が起こるたびに、そこから、ある民族とその宗教の性質を断定できると信じて疑わないような人たちに私は従うことはできません。と同時に、すべては遺憾きわまりない誤解から生じたのであって、宗教とは寛容にほかならないのだ、と表情を変えずに執拗にくり返す人たちの弁明を聞いていてもや

はり落ち着きません。この人たちの動機は立派なもので、憎悪をまき散らす人たちと同じだなどと言うつもりはまったくありませんが、彼らの言っていることだけではまだ不十分だと思うのです。

ある教義の名のもとに非難すべき行為がなされるとき、それがどのようなものであれ、教義に罪があるということにはなりません。たとえ教義がその行為とまったく無関係だと言えない場合でもそうなのです。私は例えばアフガニスタンのタリバンはイスラムとは無関係だとか、ポル・ポトはマルクス主義とは無関係だとか、ピノチェト体制はキリスト教とは無関係だなどと言うつもりはありません。外から観察するかぎり、こうした個々のケースにおいて、関連する教義が利用されていることは明らかです。確かに、利用されたのはその教義だけではないでしょうし、それがいちばん普及していたものでもないでしょうが、関係の可能性を腹立たしそうに否定することはできません。逸脱が生じたとき、不可避的だったのだと決めつけるのはやや容易にすぎます。それは絶対に起ごるはずではなかった、純粋な偶発的事件なのだと証明しようとするのがまったく馬鹿げたことであるのと同じです。起きたということは、それが起こりうる何らかの可能性があったということなのですから。

ある信仰体系の内部にいる者が、教義についてのある解釈には納得できるけれど、別の解釈には納得できないということが起こるのはきわめて当然です。敬虔なイスラム教徒であれば、タリバンの行動は彼の信仰が教えるところに矛盾している——あるいは矛盾していない——と評価を下すことができます。イスラム教徒ではない上に、意図的にあらゆる信仰体系から遠ざかっている私には、イスラムの教えにかなっているものとそうでないものを見分ける資格はありません。もちろん私なりの願いや好みや観点というものはあります。爆弾を仕掛けたり、音楽を禁じたり、女性の割礼を法律化するといった過激な行動は、私のイスラム観と相容れるものではないとつねに言いたいと思っています。しかし私がイスラムをどう考えているかなど、何の意味もありません。かりに私が神学者だったとしても、誰よりも敬虔深く学識があったとしても、私の意見で論争に終止符が打たれることはなかったでしょう。

いくら聖典を読みふけり、さまざまな注釈を参照し、いろんな論拠を集めてみたところで、矛盾する異なる解釈はつねに存在するものです。同じ書物に依拠しながら、奴隷制度を受け入れることもできれば非難することもできる。偶像を崇めることもできれば火に投げ入れることもできる。ワインを禁止することもできれば許可することもできる。民主主義を説くこともできれば神権政治を説くこともできる。あらゆる人間社会は何世紀ものあいだ、その時々のおのれの行動を正当化してくれそうな言葉を聖なる書物から見つけ出してきました。聖書をよりどころとしてきたキリスト教とユダヤ教の社会が、「汝殺すべからず」という言葉は死刑にも適用されうると気づくまでに二、三千年を要したのです。百年も経てば、そんなのは当たり前だと説明されることでしょう。テクストは変化しません。変わるのは私たちのまなざしなのです。しかしテクストは、私たちのまなざしを通じてしか現実世界に作用しません。そしてまなざしがどの文の上でとまり、どの文を見過ごしてしまうかは時代によって変わるのです。

どんな教義でも狂信になりうる

このような理由から、キリスト教、イスラム教、あるいはマルクス主義が「本当に言っていること」を問うたところで何の役にも立たないと思うのです。もしも各自が、肯定的なものであれ否定的なものであれ、自分のなかにすでにある偏見を確かめるだけではなく、答えを見つけようとするなら、教義の本質ではなく、それをよりどころとする者たちが歴史のなかで取ってきた行為についてこそ考えてみるべきなのです。

キリスト教は本質からして、寛容で、自由を尊重し、民主的な傾向を持つものなのでしょうか？　こう問われれば、「否《ノン》」と答えざるをえないでしょう。歴史書を繙《ひもと》いてみればすぐにわかりますが、これまで二十世紀にわたって、宗教の名のもとに、数えきれないほどの拷問や迫害や殺戮が行なわれ、教会の最高権威から圧倒的多数の信者に至るまで、奴隷貿易や女性の隷従や異端審問のような最悪の独裁を容認してきたからです。ということは、キリスト教は本質からして、専制的で、人種差別的で、退行的で、不寛容なのでしょうか？　そんなことはまったくありません。少しまわりを見渡せばわかるように、キリスト教はいまでは、表現の自由、人権、民主主義と良好な関係を保っています。キリスト教の本質は変化したのだと結論づけるべきなのでしょうか？　あるいはキリスト教を活気づけている「民主的精神」は、十九世紀ものあいだじっと身をひそめて、ようやく二十世紀の半ばになって姿を現わしたと考えるべきなのでしょうか？

理解したいと望むのなら、明らかに問いの立て方を変えなくてはならないのです。つまり、こう問うべきなのです。キリスト教世界において民主主義はずっと必要とされてきたのだろうか？　答えははっきりしています。「否《ノン》」です。それでもやはり、民主主義が根づいたのは、キリスト教を信仰する社会ではなかっただろうか？　この問いに対する答えは明らかに「諾《ウィ》」です。では、いつ、どこで、どのようにして、このような進歩は生じたのでしょうか？　この問いに対しては――これは当然イスラムについても同じように問われるべき問いです――、先の二つの問いのようにきっぱりとは答えられませんが、もちろん答えようとすることはできます。ここではただ、次のように言うにとどめておきます。自由を重んじる社会は少しずつ定着してきたもののまだまだ不完全であり、しかも歴史を全体的に見ればごく最近の出来事です。教会がこのような発展を遂げたとしたら、それは教会がみずから行なったことではなく、しぶしぶとはいえそうした動きに大筋ではしたがってきたからです。解放の衝動はしばしば、宗教的な思考の枠組みの外側にいる者たちによってもたらされてきたのです。

いま私が言ったことは、宗教を信じていない人々のお気に召したかもしれません。しかしそういう人たちには思い出してもらわなくてはなりません。独裁や迫害を生み、あらゆる自由と人間の尊厳を破壊してきた二十世紀の最悪の災厄は、宗教的な狂信ではなく、宗教の批判者を自認していた――スターリン主義がそうです――、あるいは宗教に背を向けていた――ナチズムや他の民族主義的な教義がそうです――、別種の狂信によってもたらされたのだということを。たしかに一九七〇年代以降は、宗教的狂信が、それまでの恐怖の不足分を埋め合わせしようとするかのように急速に勢いを増してきた感があります。ですが、まだまだ穴を埋めるには至っていないようです。

二十世紀が私たちに教えてくれたのは、どんな教義であってもそれだけでは自由をもたらすとは限らないということになるでしょう。共産主義、自由主義、民族主義、偉大な宗教、そして世俗主義でさえも、つまり、ありとあらゆる教義が脱線し、異常なものになりうるのです。あらゆる教義の手は血で汚れているのです。誰も狂信をひとり占めすることはできません。逆に言えば、誰も人間性をひとり占めすることはできないのです。

きわめてデリケートなこうした問題を、新しく有益な視点から眺めたいと思うなら、探求のあらゆる段階で公正さを心がけなければなりません。敵意や迎合があってはなりませんし、とりわけ、あの耐えがたい尊大な態度は必要ありません――西洋であれどこであれそれが第二の天性になってしまったような人もいるのですが……。

2

キリスト教とイスラム教を対立させる考え方に異議を唱える

地中海の周囲では、何世紀にもわたって、一方は北に、他方は南と東に位置する、ふたつの文明圏が隣りあい、対立してきました。この分断がどんなふうにして生起したかについて長々と論じるつもりはありません。しかし歴史の話をするときには、すべてのものには始まりがあり、展開があり、最後に終わりが来るのだということを思い起こしてみるのは決して無駄ではありません。ローマ時代には、のちにキリスト教化されたり、イスラム化されたり、ユダヤ化されたりすることになる地域がみな同じ帝国に属していました。シリアはガリアよりもローマ的でなかったわけではありませんし、北アフリカは、文化的な観点からすれば、北ヨーロッパよりもずっとギリシア＝ローマ的だったのです。

ふたつの征服的な一神教が出現するとともに、事態は根本から変化することになりました。四世紀にキリスト教はローマ帝国の国教となります。キリスト教徒たちは説教と祈りを通じて、そして殉教した聖人たちのおかげで、新しい信仰を見事に普及させると、権力という武器をとことん行使して権威を揺るぎないものとし、ローマの古来からの信仰を非合法化し、その信者を最後のひとりに至るまで追放したのです。やがてキリスト教世界は拡大していき、ローマ帝国の外縁とぴったり重なるに至ります。しかし、この外縁はだんだんと不確かなものになっていきます。昔の教科書に書かれていたように、五世紀以降ローマは「蛮族の侵入で崩壊する」からです。

東ローマ帝国の首都であるビザンツはそれから千年間存続するわけですが、帝国を再建しようとする試みには頓挫します。ユスティニアヌス帝が、イタリア、スペイン、北アフリカのかつての領土を取り戻すことに成功したと思われたのも束の間、それらはすぐに失われます。彼の企ては絶望的なものでした。彼の将軍たちには、再度征服した地方を防衛するような力はなかったのです。五六五年に彼が死ぬと、いわば歴史の一頁がめくられ、幻想はついえたのでした。大ローマ帝国が再建されることはないでしょう。もう二度と、地中海がひとつの権威のもとに統一されることはないでしょう。もう二度と、バルセロナ、リヨン、ローマ、トリポリ、アレクサンドリア、エルサレム、コンスタンティノープルの住人がただひとりの君主に請願を行なうことはないでしょう。

五年後の五七〇年に、帝国の境界線の外側で、しかしそこからさほど遠くないところで、イスラムの予言者、ムハンマドあるいはマホメットが生まれます。彼は、生まれた町であるメッカと、ダマスやパルミラ［シリア中部。古代ローマ時代の遺跡で知られる］といったローマ的な諸都市とのあいだをキャラバンで行き来していました。同様に、ローマ人のライバルであり、やはり数々の動乱で揺れていたサーサーン朝イラン帝国とも交易をしていました。

イスラムの教えを構成する神秘的・宗教的現象は、複雑で理解しがたい法則にしたがい発生したものであり、それを説明しようとは思いません。しかし政治的な観点からすれば、その当時、これまでにはなかった新しい現実が出現するのに絶好の空白が生まれていたことは間違いありません。六世紀以上ぶりに――そして人間の記憶の尺度からみれば、ほとんど時間の始まり以来はじめて――、偉大なるローマの影が消えたのです。多くの人々が自由となり、孤児となったのです。

この空白――あるいは「空隙」と言うべきなのかもしれませんが――のおかげで、ゲルマン諸部族はヨーロッパ全域に拡大し、のちにザクセンとかフランク王国と呼ばれることになる領土を獲得することができたのであり、同様に、アラブ諸部族は本来住んでいた砂漠の外にまで「遠出」を行なうことができたのです。それまで歴史の周縁に生きてきたこれらベドウィンの民は、数十年のうちにスペインからインドに至る広大な領土の支配者となったのです。そのすべてが、驚くほど整然と成し遂げられました。他者は比較的尊重され、無意味な暴力が過剰にふるわれることもなかったのです。

この征服が平和裡になされたと言うつもりはありませんし、イスラム世界を寛容の天国であるかのように描くつもりもありません。しかしそのふるまいはその当時のことを考えれば評価されるべきものです。それに疑うべくもなく、イスラムは伝統的に支配地域に他の一神教の信者がいることに慣れていました。

現状がこうであるのに、過去における寛容を誇ったところで何になるのか？　そう私は反論されるかもしれません。ある意味で、その批判は間違っていません。こんにち聖職者が喉をえぐられ、知識人が刃物で刺され、旅行者が機関銃で撃たれているのだとしたら、八世紀にはイスラムは寛容だったと知ったところでなんの慰めにもなりません。私はなにも過去を喚起することで、日々の現実が私たちに突きつけてくる残虐な出来事、アルジェやカブールやテヘランや上エジプトその他の場所から報じられるニュースや映像を隠蔽しようとしているのではありません。私の目的は別のところにあります。誤解のないようにはっきりと言っておきます。私がいま闘っており、これからも闘っていこうとしているのは、次のような考え方なのです。つまり、一方には、つねに近代、自由、寛容、そして民主主義を担うことを運命づけられた宗教であるキリスト教があり、他方には、その誕生のとき以来専制主義と反啓蒙主義を運命づけられた宗教であるイスラム教が存在する。こんな考え方は間違っているし、危険でもあります。多くの人類にとって、未来の見通しを暗くするものです。

寛容だった宗教から寛容さが失われてしまったのはなぜか

私は自分の先祖の宗教を一度も否定したことはありません。そこに自分は帰属しているとはっきり言いたいとも思います。この宗教が私の人生に及ぼしてきた影響を認めることに何のためらいもありません。私は一九四九年に生まれましたが、どちらかというと寛容で、対話へと開かれ、みずからを疑うことのできる教会しか知りませんでした。私はその教義には無関心で、ある種の立場に対しては懐疑的なのですが、自分が受け継いだこの帰属のなかに私が見ているのは、豊かさと開放なのであって、決して狭隘な態度ではありません。教会の目に、自分が信者として映っているかどうか自問することさえありません。私にとって、信者とはただ何らかの価値を信じる者のことです――そしてそうした価値を一言でいえば、人間の尊厳、ということになるでしょう。それ以外は、おとぎ話か願望でしかありません。

こんなことを言うのも、今では教会が「行きやすい」ものになったと思えるからです。もしも私が百年前に生まれていたとしたら、教会は進歩や自由といった考え方にどうしようもなく消極的で、盲信と事なかれ主義に凝り固まっていると感じて、たぶん教会に背を向けていたことでしょう。だからこそ、歴史という大きな展望のなかで、人間と制度のふるまいを評価することが大切なのです。多くの人たちと同じように私もまた、今日イスラム世界で目にされ耳にされることにぞっと背筋の凍りつく思いをしています。しかしまた、いま起きていることはイスラムの性質からして当然のことであり、これが変わることはない、と嬉しそうにご託宣を垂れているような人たちを見ていると悲しくなってきます。

不寛容なところのない宗教など存在しません。しかし「ライバル」関係にあるこの二つの宗教がこれまで行なってきたことを見れば、イスラムがそれほど恐ろしいものでないことはわかるでしょう。もしも私の先祖たちが、イスラム軍に支配された国のキリスト教徒ではなくて、キリスト教軍に支配された国のイスラム教徒だったとしたら、自分たちの町や村で信仰を守りながら十四世紀以来生きつづけることができただろうとは思えないのです。実際、スペインのイスラム教徒はどうなりましたか？　シチリア島のイスラム教徒はどうなりましたか？　最後の一人に至るまで消えてしまったではありませんか。殺戮され、流浪を強いられるか、無理矢理改宗させられたではありませんか。

イスラムの歴史にはそもそもの始まりから、他者と共存するという素晴らしい能力が存在します。十九世紀末、イスラムの中心勢力の首都であったイスタンブールの人口の大多数は、非イスラム教徒、主としてギリシア人、アルメニア人、ユダヤ人だったのです。同時代のパリやロンドンやウィーンやベルリンの人口の大半が、イスラム教徒やユダヤ人などの非キリスト教徒になるなんてことが想像できますか？　現在でもなお、多くのヨーロッパ人は、自分たちの町でムアッジン［イスラム教の礼拝を呼びかける役目の人］の呼び声が聞こえたりしたらショックを受けると思います。

それがいいとか悪いとか言っているのではありません。私はただ、イスラムの歴史においては共存と寛容が長きにわたって実践されてきたという事実を確認しているだけです。

とはいえ、ただちに付け加えなくてはなりませんが、寛容というだけでは不十分だと思うのです。私は寛容に取り扱ってもらいたいのではなく、私の信仰がどのようなものであれ、私のことを一人の完全な市民として見てもらいたいのです。私がイスラム教徒が多数派の国でキリスト教徒あるいはユダヤ教徒であろうが、キリスト教徒とユダヤ教徒のただなかでイスラム教徒であろうが、私がいかなる宗教も信じていなかろうが、まったく関係ありません。「聖典の」コミュニティ、つまり聖書のコミュニティは、イスラム教徒に保護されなければならないという考え方は、今日ではもはや受け入れられないものです。というのもそれは、屈辱を伴わずにはおかない劣った立場にあったということを意味するからです。

しかし、むやみな比較は避けなければなりません。キリスト教が何ひとつ寛容でなかった時代に、イスラムは「寛容の規定」を確立していたのです。数世紀にわたって、この「規定」は世界でもっとも進歩的な共存形態でした。現在言うところの良心の自由という考え方にかなり近い態度が生まれるのは、おそらく十七世紀半ばのアムステルダムか、もう少しあとの時代のイギリスです。コンドルセのような人がフランスにおいてユダヤ人の「解放」を説くことができたのは、十八世紀も終わりになってからでした。そして二十世紀も後半になってようやく、誰もが知る忌まわしい出来事のあとで、キリスト教的なヨーロッパにおいて宗教的少数派の置かれた状況が、大きく、望むらくは不可逆的に改善されるに至ったのです。

イスラム諸国で実践されていた「寛容の規定」は、もう新しい規範に対応しなくなっていました。では、それは更新され、刷新されて、時代によりふさわしいものになったのでしょうか？　本質的には、否です。この寛容の原則は、現代の私たちの期待に沿う方向で再評価されるどころか、悪い方向に変更されることもあったとさえ言えるでしょう。そのため、イスラム世界は何世紀ものあいだ寛容の最先端を走ったのち、気づけば立ち後れてしまっていたのです。しかし、地中海の北と南のあいだに起きたこの「道徳的な力関係」の逆転は、最近のこと、それもごく最近のことですし、そう思われているほど完全な逆転が生じたわけでもないのです。

ここでもまた、当然退けられるべき見解がふたつあります。寛容に関してイスラム世界の歴史は「全体としてはポジティヴ」なのだから、現在の行き過ぎは一過性の出来事にすぎない、と考える立場。そして反対に、現在の不寛容を根拠にして、過去の寛容な態度を根拠のない記憶だとする立場です。このふたつの立場はともに馬鹿げたものだと思います。私からすれば、イスラムが他の諸文化と共存しあい豊かに交流しあう巨大な潜在能力を持っていることは歴史的にはっきり証明されています。しかし昨今の歴史が示しているように、後退は起こり得るし、その潜在能力が長いあいだ、まさに潜在的な状態にとどまり続ける可能性もあるわけです。

やや大げさな言い方になりますが、さらに次のようにも言えると思うのです。もしキリスト教世界とイスラム世界との歴史比較を行なってみれば、一方には、長いあいだ不寛容で、明らかに全体主義的な傾向を持っていたものの、少しずつ開かれたものに変わっていった宗教が、他方には、開かれていく運命を持っていたのに、少しずつ不寛容で全体主義的な態度へと逸脱していった宗教が見出されるだろう、と。

例ならいくらでもあります。カタリ派のたどった運命、ユグノーやユダヤ人のたどった運命を思い出してもらってもいいし、これらふたつの一神教世界のそれぞれにおいて、異端とか離教者とか不信徒と見なされた人たちがどんな扱いを受けてきたかについて語ることもできるでしょう……。だが本書は歴史の概説書ではありませんし、さまざまな逆説を記載した年鑑でもありません。これらふたつの異なる軌跡を比較するとき、私の気になる問いはただひとつ、次のようなものです。どうして西洋はうまく発展したのに、イスラム世界ではうまくいかなかったのか？　そう、ここではっきり言っておきましょう。不寛容の長い伝統を持ち、つねに「他者」と共存することに苦労してきたキリスト教の西洋が、表現の自由を尊重する社会を生み出すことができたのに、長きにわたって共存を実践してきたイスラム世界がいま、狂信主義の牙城のように見えるのはなぜなのか？

3 西洋社会の発展がキリスト教を変化させた

もうおわかりだと思いますが、イスラム教は、これを拠りどころとする社会を苛む諸悪の根源なのだと安易に考える、西洋に広く見られる見解には私は賛同しません。同様に、すでに申し上げる機会があったように、私は信仰とその信徒の運命とを切り離すことができるとも思っていません。しかし、宗教が人々に及ぼす影響はしばしば強調されるきらいがあるのに、その逆に人々が宗教に及ぼす影響は軽視されているように思えます。

しかも、そのことはどんな教義に対しても言えるのです。共産主義がロシアをどのように変えたかについて問うのが当然なら、ロシアが共産主義をどのように変えたのか、この教義がロシアや中国ではなく、ドイツやイギリスやフランスで勝利を収めていたら、その発展の仕方、歴史的な位置、世界のさまざまな地域に与える衝撃はどれほどちがったものになっていただろうかと問うてみるのも同じくらい有益なはずです。もしかしたらハイデルベルクやリーズやボルドーでスターリンは生まれていたかもしれません。いや、スターリンなどそもそも存在しなかったかもしれません。

同じように問うてみるべきなのです——キリスト教がローマで勝利していなければ、そしてローマ法とギリシア哲学で作り上げられた土地に定着していなければ、キリスト教はどんなものになっていただろうか、と。ローマ法とギリシア哲学は、今日では西洋キリスト教文明の支柱のように見えるのですが、両者ともキリスト教が出現するはるか以前にその絶頂に達していたのです。

こんな明白な事実を言い立てて、西洋で私と同じ宗教を信じる人たちが達成してきたことを否定しようというのではありません。ただ私は、キリスト教がヨーロッパを作ったというのなら、ヨーロッパもまたキリスト教を作ったと言いたいのです。今日のキリスト教は、ヨーロッパ社会が作り上げたものです。ヨーロッパ社会は、物質的にも知的にも変化を遂げながら、同時にキリスト教も変化させたのです。どれほどカトリック教会は、揺さぶられ、裏切られ、ひどい目にあわされたと感じたことでしょう！　どれほど教会は身をこわばらせて、信仰や公序良俗や神の意志に反していると思える変化をなんとか遅らせようとしたことでしょう！　しばしば教会は敗北しました。しかしそうと知らないうちに、勝利を収めつつもあったのです。聖書に挑戦するように思える自信に満ちた科学に立ち向かい、共和主義的で非宗教的な考え方や民主主義に立ち向かい、女性の解放、婚前性交渉、婚外出産、避妊を認める社会の動きに立ち向かい、そして幾千もの「悪魔的な刷新」に立ち向かいながら、日々おのれを問い直すことを余儀なくされた教会は、はじめは態度を硬化させるものの、最終的には思い直して変化に適応してきたのでした。

教会はみずからを裏切ったのでしょうか？　幾度となくそう思われてきたし、これからもそう思われることはたびたびあるでしょう。しかし真実は、西洋社会はこんなふうに幾度となくたがねを入れつつ、今日途方もない冒険を生きている人間に寄り添うことのできる教会と宗教を彫り上げたということなのです。

西洋社会は自分たちにとって必要な教会と宗教を作り出したのです。ここで「必要」という語を、私は言葉のもっとも十全な意味において、もちろん精神的な必要も含めた意味で使っています。そこには信徒、非信徒を問わず社会全体が関わってきました。心性の発展に貢献してきたすべての人々は、キリスト教の発展にも貢献してきたのです。そして歴史は続くのですから、人々はこれからも貢献していくでしょう。

宗教はそのときどきの社会の姿を映す鏡である

イスラム世界でも、社会はたえずその姿を宗教に反映させてきました。しかもそれは時代によって、国によって、決して同じではありませんでした。アラブ人が勝ち誇り、世界は自分たちのものだと感じていた時代、彼らは寛容と開放の精神をもって自分たちの信仰を解釈していました。たとえば、彼らはイランやインド、ギリシアの残した遺産の大掛かりな翻訳に着手し、そのおかげで科学と哲学が飛躍的に発展することになったのです。当初は模倣するだけだったのですが、やがて天文学、農業、化学、医学、数学に刷新をもたらそうとするようになります。日常生活に食に服飾、髪型や歌唱の技術においても同じことが起こります。流行を引っぱる「カリスマ」さえいたのですから——そのもっとも有名なのがジラブ［七八九年バクダッドに生まれ、八五七年コルドバで没する。クルドあるいはペルシア出自の詩人にして音楽家。服のデザインも行なった］です。

これは一時的な現象などではありません。七世紀から十五世紀まで、バグダッド、ダマス、カイロ、コルドバ、チュニスには、偉大な学者や思想家、才能あふれる芸術家がいたのです。そしてまた、十七世紀まで、いやときにはそれを超えて、イスファハン、サマルカンド、イスタンブールには偉大で美しい作品が作られていました。この動きに貢献したのはアラブ人だけではありません。イスラムはその端緒から、分けへだてることなく、イラン人、トルコ人、インド人、ベルベル人へと開かれていたのです。それを軽卒だったという者もいます。というのも、アラブ人はそのなかに埋没してしまい、みずからが征服した帝国のなかですぐに権力を失ってしまったからです。それが、イスラムが説いた普遍性の代償だったのです。あるとき、トルクメン人の戦士部族が中央アジアのステップを駆け下りてきて、バグダッドの門前にまでやって来ると、改宗を勧告するあの決まり文句を告げたことがありました——「アッラーのほかに神なし。ムハンマドは神の使徒である」。彼らがイスラムに帰属していることにもちろん誰も異議は唱えられません。そして翌日になると、彼らは改宗者によく見られるように過度なほどの熱意を示して権力の分け前を要求してきたのです。政治的な安定という点では、このような傾向は悲惨な結果を招くこともありました。しかし文化的には、途方もない豊かさをもたらしたのです。インダス川の岸辺から大西洋まで、最良の頭脳の持ち主たちがアラブ文明の懐で才能を開花させました。それはこの新しい宗教の信者だけに限りません。翻訳に関しては、ギリシア語をより熟知したキリスト教徒の手を借りることが多かったのです。そして、マイモニデス［一一三五—一二〇四。スペインのユダヤ教徒のラビ］が、ユダヤ思想の記念碑的作品のひとつである『迷える人々のための導き』を執筆するのにアラビア語を選んだことの意味は大きいのです。

私がいまざっと素描したようなイスラムだけが本物のイスラムだとか、こちらのほうが、たとえばタリバンのイスラムよりも忠実に教義を反映している、などと言うつもりはありません。しかも私が描きたかったのは、あるひとつの特定のイスラムではありません。私がほんの数行で俯瞰した数世紀およびいくつもの土地に、それこそ何千ものイスラムの姿が現われているからです。九世紀のバグダッドはまだ活気にあふれていたのに、十世紀のバグダッドは不平の多い、偏狭な信心に凝り固まった、哀れなものになりはてていました。反対に、十世紀のコルドバはその繁栄の頂点にありましたが、十三世紀には狂信の牙城となってしまいます。迫り来るキリスト教軍にまもなく奪取されることになるこの都市を防衛していた最後のイスラム教徒たちは、自分たちと異なる意見をもう許そうとしなかったからです。

このような態度は、私たちの時代も含め、他の時代においても見受けられます。自信に満ちているときには、イスラム社会は開放的になることができました。そうした時代から抽出されるイスラムの姿は、今日のカリカチュアのような姿とは似ても似つかないものです。かつての姿のほうが、もともとのイスラムらしさをよりよく反映していると言いたいのではありません。ただ、この宗教もまた、ほかの宗教やほかの教義と同じように、つねにその時代と場所の刻印を受けていると言いたいのです。迷うところのない社会は、信頼に満ち穏やかで開かれた宗教に反映されます。自信のない社会は、臆病で偏狭で気難しい宗教に反映されます。ダイナミックな社会は、ダイナミックで革新的で創造的なイスラムに反映されるし、停滞した社会は、停滞した、どんなささいな変化にも抵抗を示すイスラムに反映されるのです。

しかし、「良い」宗教と「悪い」宗教とのあいだの、結局のところ単純すぎる対立からひとまず離れ、もっと厳密に定義してみましょう。社会が宗教へ及ぼす影響というときに、私の念頭にあるのは次のような事実なのです。たとえば、第三世界のイスラム教徒が激しく西洋を非難するのは、単に彼らがイスラム教徒で西洋がキリスト教徒だからなのではありません。それはまた、彼らが貧しく、支配され、愚弄されているのに、西洋は豊かで強力だからでもあるのです。「また」と私は書きましたが、「特に」と言いたかったのです。今日の軍事的なイスラム主義運動を観察していると、その言説にも方法にも、六〇年代の第三世界運動の影響を容易に見て取ることができます。ところが、いくらイスラムの歴史のなかを探してみても、それらしい先例は見出せないのです。こうした運動は、イスラムの歴史が純粋に生み出したものではないのです。私たちの時代が、その緊張、ねじれ、実践、絶望が生み出したものなのです。

ここでは、こうしたイスラム主義運動の教義に立ち入ることはしません。それがイスラムにかなっているかどうかを問うつもりもありません。そうしたたぐいの問いを私がどう思っているかについてはすでに申し上げました。ただこうは言っておきます。イスラム主義運動がどういう点で私たちの混乱した時代の産物であるかは、かなりはっきりわかるのですが、どういう点でイスラムの歴史の産物なのかは、それほどはっきりはわからないのです。革命防衛隊に囲まれたホメイニ師が、国民に向かって彼の力に期待するように言い、「大悪魔」を非難し、西洋文化を跡形なく消滅させると誓うのを見たとき、私はつい、文化大革命のとき、紅衛兵に囲まれて、「巨大なはりぼての虎」を非難し、資本主義的な文化を跡形なく消滅させると約束していた毛沢東の姿を思い出さずにはいられませんでした。もちろん彼らが同じだとまでは言うつもりはありませんが、あの二人には共通点が多いのもまた確かです。ところが、イスラムの歴史のなかにはホメイニを想起させるような人物はひとりとして見当たらないのです。しかもいくら探しても、イスラム世界の歴史のなかで、「イスラム共和国」の建国とか「イスラム革命」の到来が語られたことは一度もないのです……。

ここで私が反対しているのは、イスラムを信仰する国々で何かが起きるたびに、それに「イスラム」というラベルを貼って整理しようとする——南北のいかんを問わず、冷淡な観察者にも熱心な信者にも見受けられる——態度なのです。ところが、そこにはイスラム以外の要素がかなりたくさん作用しており、そちらのほうが事態をよりわかりやすく説明してくれるのです。誕生以来のイスラムの歴史についての分厚い書物を十冊読んだところで、アルジェリアで起こっていることはまったく理解できないでしょう。しかし植民地主義と脱植民地主義に関して書かれた書物を三十頁ほど読めば、よりよい理解が得られるでしょう。

4

近代化を達成した西洋文明が世界を支配した

話が少し横道に逸れてしまいましたが、最初の話題に戻ることにしましょう。つまり、宗教が人々やその歴史に与える影響は過剰なほど重く見られているのに、人々とその歴史のほうが宗教に与える影響はさほど重視されていないということです。しかし影響というのは相互的なものです。社会が宗教を形成し、すると今度は宗教が社会を形作るのです。とはいえ私の見るところ、私たちは習慣的に、この弁証法の一側面ばかりを見がちで、そのために正しい見通しを得ることができないのです。

イスラムに関して、イスラム社会が経験してきた、そしていまもなお経験している悲劇のすべての責任はイスラムにある、と躊躇なく断言する人たちがいます。私は単にそうした見方が間違っていると非難しているだけでなく、そのせいで世界で起きていることがまったく理解できなくなっていると言いたいのです。

キリスト教に関しても、この宗教が最終的にはみずからを近代化できるものだったとわかるまで、何世紀にもわたって似たようなことが言われてきました。ゆくゆくはイスラムについても同じことになると確信しています。とはいえ、そのことに疑念を抱く人がいることもまったく理解できます。ですからアルジェリア、アフガニスタン、そして至るところで私たちが目にしている、暴力と懐古主義と専制と抑圧の光景が、ちょうど異端審問の焚刑や神権君主制がキリスト教と不可分なものではなかったように、イスラムに内在するものではないと証明されるまでには、まだまだ時間が、たぶん何世代もの時間が必要だとは思います。

イスラムはつねに停滞の要素であったという考えがあまりに浸透しているので、あえてこれを批判しようという気になれないほどです。しかし批判しなければなりません。いったんこのような見方が定着してしまったら、もうどこにも行けなくなってしまうからです。イスラムは信者をどうしようもなく停滞させてしまう、という考えを受け入れてしまえば、あの信者たち——人類のほぼ四分の一を構成しています——は決して彼らの宗教を放棄することはないでしょうから、私たちの地球の先行きは悲しいものとなるでしょう。私としては、そうしたものの見方もその結論も受け入れるわけにはいきません。

もちろん確かに停滞は存在するのです。十五世紀から十九世紀のあいだ、西洋は急速に発展したのに、アラブ世界は足踏みしていました。おそらくそのことに宗教もいくらかは関係していたでしょう。しかし、宗教はとりわけ犠牲になっていたと思えるのです。西洋では、社会が宗教を近代化したのですが、イスラム世界では、事態は同じようには推移しませんでした。この宗教が「近代化可能なもの」ではなかったからではありません——そのような証拠はないのですから——、社会そのものが近代化されなかったからです。それがイスラムのせいなのだと言う人もいるでしょう。ですがそれは短絡的にすぎます。ヨーロッパを近代化したのはキリスト教だったでしょうか？　近代化は宗教に抗して行なわれたとまで言わないにしても、次のように言うのが妥当でしょう。宗教は近代化の「推進力」などではなく、むしろ近代化に対して、しばしば激越な抵抗を示してきました。そしてこの抵抗が弱まり、宗教が近代化に適応するためには、変革を押し進める動きは根強く、持続的なものでなければならなかったのです。

混乱をもたらすと同時に有益でもあるこのような動きが、イスラム世界で高まることは一度もありませんでした。この創造的な人類の素晴らしき春、この科学、技術、産業、知性、道徳に及ぶ全面的な革命、変動のさなかにあって、日々発明と刷新を行ない、確実とされていたものを絶え間なくひっくり返し心性を揺さぶりつづける人々によって「たがねで刻まれた」この長い仕事。これは並大抵の出来事ではありません。歴史においてただひとつしかない比類のないものです。これこそ、今日私たちが知っているような世界を作り出した出来事なのです。そして、これは西洋で――ほかのどこでもなく西洋で、生じたのです。

どうして西洋であって、中国や日本やロシアやアラブ世界ではなかったのでしょうか？　この変動はキリスト教のおかげで、あるいはキリスト教にもかかわらず、生じたのでしょうか？　これについては歴史家たちがさらに理論を闘わせていくことでしょうが、それが起こったという事実だけは疑いようがありません。つまり、この数世紀のうちに西洋において、以後世界全体が物質的にも知的にも参照することになるひとつの文明が出現したのです。そしてその結果、他のすべての文明はマージナルなものとなり、周縁文化の地位に追いやられ、消滅の危機に瀕しているのです。

いったいいつから、西洋文明のこの優位が実質的に不可逆的なものになってしまったのでしょうか？　十五世紀から？　十三世紀以前ではない、と私自身は考えているのですが、私がどう思っているかなどどうでもいいことです。確かなのは、そして重要なのは、あるひとつの文明がある日、この地球の手綱を掌中に収めたということなのです。その科学が、

〈科学〉となり、その医学が〈医学〉となり、その哲学が〈哲学〉となったのです。この集中化と「標準化」の動きはもう止められません。いやそれどころか、いっぺんにあらゆる領域と大陸に拡大しながら、加速する一方です。

なおも強調しておきましょう。これは歴史上前例のないことなのです。過去においても、ある文明――エジプト、メソポタミア、中華、ギリシア、ローマ、アラブ、ビザンチン――がほかの文明に先んじていると思われた時代は確かにありました。しかし、この数世紀のあいだにヨーロッパで起こったのは、まったく別次元の現象なのです。これは受精のようなものだと思うのです。そのような比較しか私には思いつきません。つまり、数多くの精子が卵子を目指し、そのうちのひとつが保護膜を破ってなかに入る。その瞬間、ほかのすべての「候補者」は拒絶される。以後、「父」はたったひとりしかいないのであり、生まれてくる子供は彼に似ることになるわけです。どうしてその精子であってほかの精子ではなかったのでしょうか？　この「候補者」には隣人たち、ライバルたちよりも優れたところがあったのでしょうか？　いちばん健康で、いちばん有望だったということでしょうか？　必ずしもそうではないし、そう確かに言えるわけでもありません。ありとあらゆる要因が作用しています。能力に関わる要因もあれば、状況や偶然に関わる要因もあります……。

しかし、この比較でもっとも重要だと思えるのは、そのあとに起こったことなのです。

問題は、どうしてアステカやイスラムや中国の文明が支配文明になれなかったのかを知ることではありません——そうした文明のそれぞれに遅れや不具合や不運があったわけですから。問題はむしろ、キリスト教のヨーロッパが優位に立ったときに、どうしてほかの文明が衰退しはじめたのか、どうしてほかの文明が、いまでは不可逆的だと思えるような仕方で周縁的なものになってしまったのかなのです。おそらく——これは答えのさわりでしかありませんが——人類が地球全体を支配できるような技術的手段を手に入れたからです。しかし、支配という語は脇に置いて、むしろこう言っておきましょう。すなわち、人類は、地球規模の文明が開化するにふさわしく成熟したのです。卵は受精する準備ができていて、西ヨーロッパがそれを受精させたのです。

その結果、今日では——周囲を見わたしてください！——西洋は至るところに存在しています。ウラジオストックにもシンガポールにもボストンにもダカールにもタシケントにもサンパウロにもヌメアにもエルサレムにもアルジェリアにも。この五百年のあいだ、人間の考え方に、健康に、景観に、日常生活に、持続的に影響を与えているのは、西洋が作り出したものなのです。資本主義、共産主義、ファシズム、精神分析、エコロジー、電気、飛行機、自動車、原子爆弾、電話、テレビ、情報工学、ペニシリン、ピル、人権、そしてガス室も……。そう、こうしたすべてが、世界の幸福と不幸のいっさいが、西洋からやって来たのです。

地球上のどこで暮らそうとも、近代化とは西洋化のことなのです。この傾向は、技術的進歩によって強化され加速される一方です。確かに至るところに、特定の文明の刻印を受けたモニュメントや作品は見受けられます。しかし新しく作り出されたものはみな――それが建物であれ、制度であれ、知の道具であれ、生活様式であれ――西洋に似せて作られているのです。

近代化＝西洋化をどのように生きるか

このような現実をどう生きるかは、支配文明に生まれた人々と、その外で生まれた人々とでは当然ちがってきます。前者は、自分自身であることをやめることなく、みずからを変革し、変化に適応しながら生きていくことができます。西洋人に関しては、近代化すればするほど、自分たちの文化と調和を感じ、近代化を拒絶する者だけがそこからとり残されているのだとさえ言えるかもしれません。

残りの世界、敗北した文化に生まれた人たちにとっては、変革と近代をどう受容するかは西洋の場合とはまったく話がちがってきます。中国人、アフリカ人、日本人、インド人、アメリカ・インディアンにとっては、そしてギリシア人、ロシア人にとっても、イラン人、アラブ人、ユダヤ人、トルコ人にとっても、近代化とはつねに自分自身の一部を捨て去ることでもありました。ときに熱狂をもたらすことはあっても、近代化が何らかの苦い思いを、屈辱と否認の感情を伴わずしてなされることはありませんでした。同化することの危険についての胸を刺すような問いを、深いアイデンティティの危機を伴わずにはいられなかったのです。

5

近代化が非西洋地域の人々のアイデンティティに与える傷

近代が「他者」の徴を帯びているとき、懐古主義のシンボルを掲げて自分たちの差異を強調しようとする者たちを目にするのは、驚くべきことではありません。今日では、男女を問わずイスラム教徒のなかにそうした姿が観察されるのですが、この現象は、ある文化、ある宗教だけに限られた傾向ではないのです。

たとえばロシアでは、古いユリウス暦が使われなくなるにはボルシェヴィキ革命を待たねばなりませんでした。人々はグレゴリウス暦を使うことで、ロシア正教とカトリックとのあいだでほとんど千年近く続いた綱引きで、最終的には後者が勝ったと認める気になったからです。

確かにこんなものはシンボルの話にすぎないかもしれません。しかし歴史においては、すべてはシンボルによって表現されるのです。偉大さも衰退も、勝利も敗北も、幸福、繁栄、悲惨も。そしてなによりもアイデンティティはそうなのです。ある変化が受け入れられるためには、その変化が時代精神にマッチしているだけでは不十分です。変化はシンボルのレベルで衝突を起こしてはいけないし、変化を促されている者たちに自分自身を裏切っているという印象を与えてはいけないのです。

フランスでも、この数年来、私のもっとも近しい何人かの友人たちが、まるでとんでもない災厄について話すかのようにグローバル化のことを語るのを耳にします。彼らは「地球村」という概念に歓喜することもなく、インターネットとかコミュニケーションにおける最新の進歩にもそれほど夢中になっていないようです。というのも、彼らの目には、グローバル化はアメリカ化と同じに見えるからです。加速的に画一化していく世界のなかでフランスはいったいどのような位置を占めることになるのか。フランスの言語、文化、特権、栄光、生活様式はどのようなものになるのか。そう自問しているのです。そのため、近所にファーストフード店ができると苛立ち、ハリウッド、CNN、ディズニー、マイクロソフトに対して毒づき、新聞に少しでも英語的な表現を見つければそれを駆逐するわけです。

このような例を挙げたのは、西洋においてさえ、そして世界中から尊敬され　繁栄した文化を持った先進国においてさえ、近代化は、支配的な外国文化を運ぶトロイの木馬だと見なされるやいかがわしいものとなる様子をよく示していると思えたからです。

ましてや西洋以外のさまざまな民族が感じてきた感情はさらに想像がつくというものです。彼らはもう何世代にもわたって、敗北感と自己否定の感情を抱きながら生きてきたのですから。彼らは認めなければならなかったのです。彼らの生活の知恵は時代遅れのものとなったこと。彼らが生産するものはなんであれ、西洋が生産するものに比べればなんの価値もないこと。彼らの伝統医学に対する執着は迷信でしかないこと。彼らの軍事的達成など過去の思い出話にしかすぎないこと。彼らが崇敬してきた偉人、大詩人、学者、兵士、聖人、旅行者が、残りの世界の目にはなんの価値も持たないこと。彼らの宗教は野蛮なものだと疑われていること。彼らの言語はもはや一握りの専門家に研究されるだけで、彼ら自身は生き残り、仕事をし、残りの世界と交流しつづけるために、他者の言語を学ばねばならないこと……。彼らが西洋人と話すときに使われるのはいつもその西洋人の言語なのです。彼らの言語であることはほとんどと言っていいほどありません。地中海の南と東には、英語、フランス語、スペイン語、イタリア語を話すことのできる人が何百万もいます。その対岸で、いったいどれだけのイギリス人、フランス人、スペイン人、イタリア人が、アラビア語やトルコ語を学ぶのは有益だと考えてきたでしょうか?

そう、生きていくことが、失望、幻滅、屈辱を味わうことでもあるのです。それでどうして人格を傷つけられずにいられるでしょうか? どうして自分のアイデンティティが脅かされていると感じないでいられるでしょうか? 他者のものであり、他者の定めた規則にしたがう世界、自分が孤児や外国人や侵入者や不可触民であるかのような世界に生きているという気がして当然でしょう。すべてを失ってしまい、もはや失うものは何もないと感じて、サムソンのように、建物が——ああ神様！——味方と敵の両方の上に崩れ落ちることを願う者が出てくるのをどうやったら避けられるでしょうか？

過激な立場を取る者たちの多くが意識的にこのような考え方をしているかどうかは知りません。実のところ、彼らは論理など必要としていないのです。痛みを感じるのに傷をいちいち記述してもらう必要はないのです。

エジプトのムハンマド・アリーによる近代化の挫折

地中海のイスラム教徒の世界が、自分たちがマージナルになりつつあること、そして西洋と自分たちを隔てる溝を意識しはじめたのは、十八世紀の終わり頃でした。意識化される、という漠然とした出来事がいつから始まったのか確定することはたやすいことではありません。しかし一般に次のようには言われています。一七九九年のボナパルトのエジプト遠征以降、知識人と政治的指導者とを問わず、多くの者たちが、次のように自問しはじめたのです。我々はどうしてこんなにも遅れを取ってしまったのか？　どうして西洋はこんなに進んでいるのか？　西洋はどのようにやったのか？　西洋に追いつくためには何をすべきか？

エジプト副王であったムハンマド・アリー——あるいはメフメト・アリー——にとって、ヨーロッパに追いつく唯一の方法は、模倣することでした。彼はこの方向に突き進みます。カイロに医学部を作らせるためにヨーロッパ人の医者たちを呼び寄せ、農業や産業に猛烈な勢いで新技術を導入し、自分の軍隊の指揮を旧ナポレオン軍の士官に任せるにまで至ります。フランスのユートピア主義者ら——サン＝シモン主義者——まで受け入れて、エジプトの地で、ヨーロッパであれば歓迎されないような大胆な実験を試みさせました。数年のうちに、彼は自国をまわりから一目置かれる地域勢力にすることに成功します。彼が先頭に立って推進した意識的な西洋化は疑いようもなくその成果をもたらしはじめたのです。ピョートル大帝と同じくらい断固として、しかしもう少し穏当なやり方で、そしてはるかに抵抗に遭《あ》うこともなく、このオスマン帝国の旧高官は、諸国家のなかに確たる場所を占めうる近代国家を東洋に打ち立てつつあったのです。

しかし、その夢は潰えることになります。そしてアラブ人がこの経験から得たのは苦い思い出だけとなるでしょう。今日でもなお、知識人や政治指導者たちは悲しそうに、そして激しい怒りとともに、この失敗に終わった出会いについて語りますし、機会があるごとに、耳を傾けてくれる人たちに言うのです。ヨーロッパ列強は、ムハンマド・アリーがあまりに危険で、あまりに独立した存在になったと判断し、たがいに手を結んで、さらなる発展を目指す彼の足を引っぱり、軍事遠征を行なうことまでしたのだ、と。彼は敗北し屈辱のうちに人生を閉じたのでした。

実際、この東方問題をめぐって展開された軍事的および外交的な動きを、現時点から振り返ってみれば、それが列強の力関係においてありがちなひとつの挿話にすぎなかったことは明白です。イギリスはインドへの途上に、活発で近代的なエジプトよりも衰退し弱体化したオスマン帝国があることを望んだのです。このような態度は、その何年か前にこの同じイギリスが、ナポレオンと対立し、彼が作りあげたばかりのヨーロッパ帝国を解体させるべく同盟を率いていたときの態度と根本的に異なるものではありません。しかし十九世紀のエジプトをフランスと比較することはできません。フランスはすでに強国だったのです。フランスは打ち負かされ破滅したかのように見えつつも、一世代のちには繁栄を取り戻し、征服者として再び立ち上がることができたのです。一八一五年には、フランスは敗北し占領されていました。そのほんの十五年後の一八三〇年には、広大なアルジェリアの征服に乗り出すほど十分に回復していたのです。エジプトにはそんな体力はとてもありませんでした。エジプトは長い、本当に長いまどろみからようやく抜け出し、近代化を始めた矢先だったのです。ムハンマド・アリーの時代に受けた一撃は致命的でした。先頭集団に追いつく機会がエジプトに訪れることはもう二度とありませんでした。

このエピソードからアラブ人が引き出した、そしていまも変らぬ結論とは、西洋は誰かが自分に似るのを嫌い、ただ服従だけを望む、というものです。このエジプトの指導者と諸国の大使館とのあいだで交わされた書簡のなかに、彼がみずから着手した「文明化行動」について躊躇することなく言明した、胸を刺すような文章を読むことができます。自分はつねにヨーロッパ人の利益を尊重してきたと断言するムハンマド・アリーは、自分が犠牲にされようとしているのはなぜなのかと自問しています。「私は彼らの宗教に属していない」と彼は書いています。「だが私もまた人間であり、人間らしく扱われてしかるべきなのだ」

6

ナショナリズムと宗教的急進主義の関係

ムハンマド・アリーの例から明らかなように、アラブ世界において近代化は非常に早くから必要なこと、危急のこととさえ見なされていたのでした。しかし近代化は決して穏やかに思い描かれることはありませんでした。ヨーロッパがおのれの文化的、社会的、宗教的な障害を考慮することができたのに対して、アラブ世界は途中のいくつもの段階をスキップしなければならなかったし、それればかりか、満足することを知らず、しばしば軽蔑的な態度を示しては拡張の一途をたどる西洋から身を守りながら、西洋化を行なわなければならなかったからです。

私はエジプトについて話しましたが、中国のことを話すこともできたでしょう。中国は同じ時期に、莫大な利益をもたらすアヘン貿易に門戸を開放することを拒絶したために、商取引の自由という名のもとに、あのおぞましい「アヘン戦争」を経験することになったのでした。西洋の発展には、それは確かに人類全体に比類ないものをもらしたわけですが、あまり輝かしくない側面もあったのです。近代世界を創出した出来事はまた、破壊的な出来事でもあったのです。エネルギーに満ちあふれ、おのれの新たな強さを自覚し、おのれの優越を確信した西洋は、あらゆる方向へ、そしてあらゆる領域において世界を征服しようとしたのでした。そうやって医学の恩恵を、新しい技術の数々を、さまざまな自由の理想を広めていきます。しかし同時に殺戮、略奪、隷従化も行なったのです。そして至るところで魅惑と同じだけ怨恨も引き起こされたのです。

こうした事柄に言及したのは、アラブ人にとって――しかし同じくらいインド人、マダガスカル人、インドシナ人、あるいはアステカ族の末裔にとって――西洋の文化を、何の底意も後悔も抱くことなく、そして身を引き裂かれる思いをすることもなく、心から受け入れるのは決してたやすいことではないと強調したいからです。数多くの不安、悲しみを乗り越え、時には自尊心を犠牲にして、巧妙な妥協案を考え出さなければならなかったのです。そのうちすぐに、ムハンマド・アリーの時代のように、「どうやって近代化するか?」と自問することはできなくなります。不可避的に、もっと複雑な問いを立てなければばならなくなるからです。「どうやったら我々は自分たちのアイデンティティを失わずに近代化できるだろうか?」、「どうすれば自分たちの文化を否定することなく西洋文化を吸収できるだろうか?」、「どうすれば西洋に言いなりにならずに西洋の持つノウハウを手に入れることができるだろうか?」

エジプトの指導者が行なったような、コンプレックスを伴わない体系的な西洋化はもはや考えられないのです。あの副王はまったく別の時代の人間なのです。何のためらいもなく、イタリア人であるジュリオ・マッツァリーノ(ジュール・マザラン)に統治を委ねることのできた十七世紀のフランスや、ドイツ人女性がツァーの玉座に昇りつめることのできた十八世紀のロシアのように、ムハンマド・アリーの時代の人々は、国籍ではなく王朝や国家という観点から物事を考えていました。アルバニアの出自を持つ彼には、エジプト軍の指揮をボスニア人やフランス人ではなくてアラブ人に任せようと考える理由などまったくなかったのです。彼の人生はどこか、ローマ帝国の一属領に権力基盤を打ち立てたものの、いつか皇帝あるいはアウグストと名乗るためにローマに進軍することだけを夢見ていたローマ人の将軍たちに似ています。

とはいえ一八四九年に彼が死んだときには、事情はすでに変わっていました。ヨーロッパはナショナリズムの時代に入っていました。多数の国籍から構成される帝国は衰退しつつあったのです。イスラム教徒の世界もこの動きに遅れずについて行こうとしていました。

バルカン半島では、オスマン帝国によって統治されていた人々が、オーストリア＝ハンガリー二重帝国の支配下にあった人々と同じように行動しはじめます。中近東でも、人々は自分たちの「本当の」アイデンティティとは何かを模索するようになっていました。それまでは誰もが言語的、宗教的あるいは地域的に帰属するところを持っていたものの、国家への帰属が問題になることはありませんでした。誰もがスルタンの臣下だったからです。オスマン帝国が解体され始め、この遺体をどのように分割するかが問題になったとき、解決できない対立が次から次へと生じたのです。それぞれのコミュニティが固有の国家を持つべきなのか？　しかし、数世紀にわたって複数のコミュニティが同じ土地で共存してきた場合はどうするのか？　言語、宗教によって、あるいは伝統的な領土の境界線にしたがって、帝国の領土を分割すべきなのか？　ここ数年のユーゴスラヴィアの解体――程度も規模もずっと小さいものだとはいえ――を見てきた者たちには、オスマン帝国の崩壊がどのようなものであったか想像がつくはずです。

異なる民族が、自分が苦しんでいる不幸の責任をたがいになすりつけようとしたのです。アラブ人が発展しなかったのは、彼らを停滞させたトルコ人支配のせいにちがいない、トルコ人が発展をしなかったのは、何世紀ものあいだアラブ人という足かせを引きずってきたからなのだ、というわけです。ナショナリズムの第一の効能とは、問題の解決策よりは、犯人を見つけ出すことなのでしょう。だからアラブ人は自分たちの再生がようやく始まると確信して、トルコのくびきを振り払ったのです。そしてその頃、トルコ人のほうは、より身軽になってヨーロッパに追いつくことができるよう、自分たちの文化、言語、アルファベット、衣装の「脱アラブ化」に着手したのです。

たぶん両者の言い分に一理あったのでしょう。私たちの身に起こることは、つねにどこか他者の過失のせいなのです。そして他者に起こることは、つねにどこか私たちの過失のせいなのです。しかしそれはどうでもいいことです……。私がアラブあるいはトルコのナショナリストたちの言い分に言及したのは、それを議論するためではなくて、本当によく忘れられがちなある真実について気づいていただくためです。つまり、近代化の必要から生じたジレンマに対してイスラム世界がまず示した反応は、宗教的な急進主義ではなかった、ということです。宗教的急進主義は実に長いあいだ、ごく小さな集団に限られた、取るに足りないとまでは言わないにせよ、周縁的な態度だったのです。宗教の名のもとにではなく、民族の名において、地中海のイスラム世界は統治されていたのです。ナショナリストたちがそれぞれの地域を独立に導き、建国の父となったのです。そして何十年にもわたって国家を支配していたのは彼らだったのであり、期待と希望に満ちたすべての視線を集めていたのは彼らだったのです。全員がアタテュルクのように明らかな世俗主義的な近代主義者だったわけではありません。しかし彼らが宗教を拠りどころとすることは、まったくと言っていいほどありませんでした。彼らは宗教をいわば括弧のなかに入れていたわけです。

こうした指導者のうちで、もっとも重要な人がナセルでした。「もっとも重要な人」？ あたりさわりなく美化した言い方をすればそうなります。いまでは、一九五六年からのエジプト大統領の名声がどれほどのものであったかとても想像できないでしょう。アデンからカサブランカまで彼の写真だらけだったのです。若者たちは、そして若者でなくても、ナセルを崇拝していました。スピーカーからはナセルの栄光を讃える歌が流れていました。彼があの延々と続く大河のような演説を行なうと、人々はみなトランジスタラジオの前にかじりついて、二時間、三時間、四時間と飽くことなく聴き入ったものでした。人々にとってナセルは偶像であり神でした。近年の歴史をいくら探しても、似たような現象を見つけることはできません。いっぺんにかくも数多くの国々にこれほど燃え上がるように広がった現象を私はほかに知りません。とにかくアラブ＝イスラム世界にかぎって言えば、かなりさかのぼっても、これに類する現象が生じたことはありません。

ところが、他の誰にもましてアラブ人とイスラム教徒の期待を一身に背負ったこの人は、イスラム主義者たちの強烈な敵対者でもありました。イスラム主義者たちは彼を暗殺しようとしましたし、彼のほうもイスラム主義者たちの指導者の何人かを処刑しました。しかも私の記憶では、あの当時、イスラム主義運動の闘士は、一般市民からはアラブ国家の敵、そしてしばしば西洋の「手下」だと見なされていたのです。

こんなことを言うのは、政治的・反近代的・反西洋的イスラム主義を、アラブ民衆のごく自然で自発的な表現だと考えるのは、少なくとも性急な短絡的な見方だと言いたいからです。ナセルを筆頭にナショナリストの指導者たちが、軍事的失敗を重ね、発展の遅れと結びついた諸問題を解決できずに袋小路に陥ってから、民衆のかなりの部分が宗教的急進主義の言葉に耳を傾けるようになったのです。そして一九七〇年代になってから、抗議の徴としてのヴェールと髭が目につくようになったのです。

宗教的急進主義は決してイスラム教徒にとって当然の選択ではない

個々の事例についてなら、エジプト、アルジェリア、その他のすべての例について、もっと詳しくお話しすることもできます。さまざまな幻想と幻滅、ひどい出だし、悲惨な結果を招く選択、ナショナリズムの、社会主義の、そしてこの地域の若者たちが、インドネシアからペルーに至るまで世界の他の地域の若者たちと同じように、かつては信じていたけれどいまはもう信じるのをやめてしまったすべてのものの失敗について語ることもできます。しかし、しつこいようですが、宗教的急進主義は、アラブ人やイスラム教徒の自発的な選択でもなければ自然な選択でもないし、とっさの選択でもなかったということだけは、ここであらためて言っておきたいと思います。

彼らがこうした道に惹き寄せられたのは、ほかのすべての道が閉ざされてしまったからです。そして、この道、懐古主義的な道が、逆説的にも時代の空気にふさわしいものとなっていたのです。

III

地球規模の部族の時代

1

アラブ世界で宗教がアイデンティティのよりどころとなっているのはなぜか

「時代の空気」というものは、もちろん厳密な概念ではありません。なのに、この言葉を使うのは、歴史のある時点において多くの人々が、アイデンティティという要素をほかの要素を犠牲にしてまでも特権化してしまうような漠として捉えがたい現実を説明するためなのです。宗教的な帰属を表明すること、これを自分のアイデンティティの中心的要素とみなすことは、いまではごくふつうの態度になっています。おそらく、このような態度は三百年前にはそれほど当たり前ではなかったのですが、五十年前に比べれば確実に広がっています。

「時代の空気」ほど曖昧ではない、知的環境とか感情的風土といった概念を使うこともできたのかもしれません。しかし重要なのは、言葉の向こう側にある本物の問いです。つまり、どうしていま、世界中で出自を問わずあらゆる男女が、自分たちの宗教的な帰属を再発見しているのか？　ほんの数年前までこの同じ人たちは、ごく当たり前にほかの帰属を前面に出すことを好んでいたのに、いまでは自分の宗教的な帰属を手を替え品を替え表明しなくてはいけないと感じているのは、どうしてなのか？　ユーゴスラヴィアのイスラム教徒がある日、自分はユーゴスラヴィア人ではなくてまず第一にイスラム教徒なのだ、と言い出すようなことが起こるのはどうしてなのか？　ロシアで、生涯にわたって自分はプロレタリアートだと考えてきたユダヤ系労働者がある日、自分は何よりもユダヤ人である、と感じるようになるのはどうしてなのか？　かつてなら不適切だと見なされていた宗教的帰属を高らかに表明することが、現在ではかくも多くの国々で当然で正しいことだと思われているのはどうしてなのか？

この現象は複雑です。与えられるいかなる説明も満足のゆくものではありません。しかし共産主義社会の衰退そして崩壊が、このような事態の進展に決定的な役割を果たしたことは明らかです。神の概念が追放された新しいタイプの社会を地球全体にもたらす、と共産主義が約束してからすでに一世紀以上が経過しました。政治的・経済的のみならず道徳的・知的にも失敗したこのプロジェクトは、結果として、それが歴史のゴミ箱に捨てたいと望んだ信仰を復権させることになったのです。精神的な避難所、アイデンティティの避難所としての宗教は、ポーランドからアフガニスタンに至るまで、共産主義と闘うすべての者たちにとって明白な集結地点となりました。こうしてマルクスとレーニンの敗北は、資本主義、自由主義、あるいは西洋の勝利であるのと同じくらい、宗教による反撃に見えたのです。

しかしこうした要素だけが、二十世紀の最後の四半世紀における宗教現象の「勃興」に決定的な役割を果たしたのではありません。終焉を迎えつつあった共産主義の危機が、知的・政治的議論において重要な主題となった、そしてなおもそうでありつづけているのは間違いありません。しかし、ほかの諸要素も同じように考慮しなければ、さまざまな現実は理解できないと思うのです。そうしたものの筆頭に、ひとによってはただ単に「危機」と呼ばれているような、西洋が直面している危機があります。

この西洋の危機は、共産主義の危機と同じ土俵で論じることはできません。両陣営を長いあいだ対立させていた争いに、勝者があり敗者があったことを否定しても詮無いことです。しかし西洋のモデルが、その勝利にもかかわらず、そして全世界のすみずみにまで影響を拡大したにもかかわらず、危機に瀕したモデルだと受けとめられていることもまた否定できません。それは自分たちの首都の貧困問題を解決することもできなければ、失業、非行、麻薬、その他数々の困難と戦うこともできないのです。しかも、もっとも魅力的な社会のモデル、他のすべてのモデルを打ち倒したモデルが、おのれを深く疑っているという事実は、私たちの時代のもっとも困惑を覚えさせられる逆説のひとつであります。

いまかりに自分がアラブ世界の大学に入学したばかりの十九歳の若者だと考えてみましょう。かつてであれば若者はマルクス主義の組織に惹きつけられたことでしょう。マルクス主義の組織は、彼の生活上のさまざまな困難に関心を示してくれ、観念的な論争に目を開かせてくれるでしょう。あるいは彼はナショナリストの組織に加わったかもしれません。

それは彼のアイデンティティの欲求を満たしてくれたでしょうし、おそらく彼に国の再生と近代化を語ってもくれたでしょう。今日では、マルクス主義はその魅力を失ってしまいました。そしてアラブのナショナリズムは、無能で腐敗した独裁体制に奪われ、信用を失墜させてしまいました。この若者が西洋に、その生活様式に、その科学および技術の卓越した達成に、魅惑される可能性がないわけではありません。しかし、このような魅惑は彼の政治的な活動にほとんど影響をもたらさないでしょう。こうしたモデルを、いかなる重要な政治組織も実現できていないからです。「西洋のパラダイス」を夢見る者たちは多くの場合、国を出ていくほかに手がないのです。自国においてこの憧れのモデルをなんとか部分的に再現しようとする特権的「カースト」に属していればでも話は別です。しかし、バルコニーとリムジンのある家に生まれなかったすべての者、既成の秩序を揺さぶりたいと望んでいるすべての者、腐敗や国家の恣意や不平等や失業や展望のない未来に反発するすべての者、めまぐるしく変化する世界に自分の場所を見つけるのに苦労しているすべての者が、イスラム主義運動に心惹かれているのです。そこでなら、彼らのアイデンティティの欲求も、なんらかのグループのなかに自分の居場所を持ちたいという欲求も、精神的なものへの欲求も、あまりにも複雑な現実をシンプルに理解したいという欲求も、行動を起こし反抗したいという欲求も、すべてがいっぺんに満たされるのです。

イスラム主義者にも世俗的独裁権力にも抗して

イスラム世界の若者たちを宗教運動に身を投じさせてしまう、このような状況をつぶさに検討していると、私は実に居心地の悪い思いをせずにはいられません。なぜなら、イスラム主義者と彼らと闘う指導者たちとの争いにおいて、私がどちらの陣営にも賛同できないからです。私が急進的イスラム主義者たちの言葉にまるで心を動かされないのは、キリスト教徒として自分がそこから排除されていると感じているからだけではありません。ひとつの宗派が、たとえ多数派であったとしても、その法を人民全体に押しつけるのは許しがたいことだからです――道徳的な見地からも、多数派の専制は少数派の専制と同じくらいひどいものだと思います。そしてまた、私がすべての者の平等、とりわけ男女の平等を、信仰の自由や各人が自分の人生を望むように生きる自由と同じく、深く信じているからです。かくも根本的な諸価値を認めないような教義はどんなものであっても信用できないからです。

誤解の生じる余地のないよう、右のようにはっきり断った上で、しかし私は次のように付け加えずにはいられません。私はイスラム主義者たちと闘っている独裁権力に何の共感も覚えません。独裁権力が、悪は悪だが最小限のものだからという口実で行なっている収奪行為を賞賛するつもりもありません。こうした悪政の下に生きる人々は、最小悪とか代用品などよりももっとましなものを享受してしかるべきなのです。彼らに必要なのは真の解決策なのです。それは、真の民主主義、真の近代、つまり力ずくで歪められ押しつけられた近代ではなく、人々に受け入れられた完全な近代という解決策でなければなりません。アイデンティティの概念にちがったまなざしを向けることで、袋小路から抜け出し、人間的自由の道を建設することに貢献できると思われるのです。

グローバル化の進展と宗教的帰属意識の高まり

閑話休題。「時代の空気」の話に戻ることにしましょう。もしも宗教的なものの勃興が、ひとつには共産主義の失敗によって、ひとつには第三世界のさまざまな社会がはまり込んだ袋小路によって、そしてまたひとつには西洋モデルをむしばむ危機によって説明されるとしても、この現象の大きさと性質は、コミュニケーションの分野で近年生じたきわめて劇的な発展とグローバル化と呼ぶべき総体を参照しなければ理解できないでしょう。

イギリスの歴史家アーノルド・トインビーは、一九七三年に出版されたテクストのなかで、人類の進歩は連続的に三つの段階を経験してきたと説明しています。

先史時代にあたる最初の段階においては、コミュニケーションは緩慢だったが、知の進歩はさらに緩慢であった。その結果、ある革新は次の革新がもたらされる以前に世界中に伝播するだけの時間があった。したがって人間社会の進化の度合いはどこでも同じ程度であり、数多くの特徴を共有していた。

第二段階においては、知の発展はその伝播よりもずっと迅速になり、その結果、人間社会はあらゆる領域でますます差異化していくことになる。数千年続くことになるその段階が、私たちが歴史と呼んでいるものに当たる。

それから最近、第三段階が始まった。これが私たちの時代である。知識の進歩はますます加速していくが、知識の伝播の速度はさらに速く、その結果、人間社会のあいだの差異がだんだんと小さくなっている……。

いまきわめて図式的に要約したこの理論が妥当なものかどうか時間をかけて論じてもいいのですが、私の目的は、これを立証することではありません。ただ、これは現在私たちの周囲で確認されている出来事の、魅力的な、そして知的に刺激的な説明にほかならないと思えます。

激化する一方で、誰にもコントロールできるとは思えない、イメージと概念のこの世界規模の混淆が、深く――そして、諸文明の歴史という観点からすれば、きわめて短期間に――私たちの知識、知覚、行動を変動させることになるのは明らかです。それはまた同じくらい深く、私たち自身についての、私たちの帰属についての、私たちのアイデンティティについての見方を変化させることになるでしょう。トインビーの仮説を敷衍しつつ、次のように言ってもよいかもしれません。あらゆる人間社会が他との差異を強調し自他の境界線を引くために、何世紀にもわたって作り上げてきたものが、まさにそうした差異を減少させ、そうした境界線を消そうとする力にしたがうことになるだろう、と。

無数のざわめきと閃光を伴って、私たちの目の前で繰り広げられ、なおも加速しつつあるこの前例のない変動が、衝突なしに行なわれることはありません。確かに、周囲の世界からもたらされる多くのものを、それが便利だと思えるから、あるいはなくては困るからと、私たちは受け入れています。しかし自分のアイデンティティの重要な要素――自分の言語や宗教、自分の文化のいろいろなシンボル、自分の独立性――が脅威にさらされていると感じられれば反発するものです。私たちの時代は、調和と不調和というふたつの徴の下で展開されています。人間がこれほど多くのものを、これほど多くの知識、参照項、イメージ、言葉、道具を共有したことはありませんでした。しかし、それゆえにかえって各自が差異を強調するようになっているのです。

私がいま言ったようなことは誰の目にも明らかなことです。加速するグローバル化が、その反動として、アイデンティティの欲求を強くさせていることは疑うべくもありません。そしてまた、かくも急激な変化に伴う実存的な苦悩ゆえに、精神的なものへの欲求が強くなっていることも間違いありません。そして宗教的な帰属だけが、これらふたつの欲求に答えをもたらしているし、少なくとももたらそうとしているのです。

私はいま「反動」という言葉を使いました。むろん、この語だけで現象の全体を説明することはできないでしょう。確かに、変化に怯えるある集団が、昔からの伝統の持つ価値やシンボルに避難場所を求めるときには、それはまさしく「反動」と言えるでしょう。しかし宗教的なものの勃興には、単なる反動以上のものがあるように思えます。それはアイデンティティの欲求と普遍性の必要を総合しようとする試みなのかもしれません。実のところ、信者たちのコミュニティは、地球規模の部族のようです――こうしたコミュニティはアイデンティティに関わるものなので「部族」と言いましたが、国境線をやすやすとまたいでいるという意味で「地球規模」だとも言いたいのです。民族的、人種的、社会的な帰属を超越するひとつの信仰に帰依することが、自分の存在が普遍的なものだと示すことになると思っている人もいるのです。こうして信者のコミュニティに帰属することが、言わば、もっともグローバルで、もっとも普遍的な個別主義になるのです。あるいはもっとも手ごたえの感じられる、もっとも「自然で」、もっとも大地に根づいた普遍主義だと言うべきかもしれません。

このような言い方が適切であるかどうかはともかく、ここで心に留めておくべきは、こにち見受けられる、ひとつの宗教的コミュニティへの帰属感情は、単なる過去の状況への回帰ではないということです。そして私たちは国籍の時代の曙光ではなく、その黄昏を生きています。私たちは国際主義の曙光、少なくとも「プロレタリアート」版の国際主義の曙光ではなくて、やはりその黄昏を生きているのです。したがって、まずは宗教に属しているという感覚を、まもなく乗り越えられるべき歴史の一局面として、見下したように払いのけることはできません。なぜなら提示される問いは、次のようなものにならざるをえないからです。この感覚はどこに向かうことで乗り換えられるのか？　新しい諸国家＝民族の時代に向かうことによってか？　そんなことは起こりそうもないし望ましいことでもないと私には思われます――しかもひとつの共通の「教会」に属しているという感情はいまでは、さまざまなナショナリズムを、世俗的でありたいと望む人たちさえも、結びつけるもっとも確実な接着剤なのです。これはトルコ人やロシア人にとっても、ギリシア人、ポーランド人、イスラエル人にとっても当てはまりますし、そう認めたがらない多くの人たちにとってさえ当てはまることなのです。

では、いったいどこに向かえば、宗教的な帰属を乗り越えられるのでしょうか？　他のどのような帰属が、宗教的な帰属を、かつてそう見えていたように、「時代遅れ」にできるのでしょうか？

2

宗教への欲求とアイデンティティの欲求を切り離すこと

私の議論に関して大きな誤解を避けるためにも、ここでひとつはっきりさせておきましょう。私は宗教的な帰属を乗り越えることについてお話ししているのですが、宗教そのものが乗り越えられるべきだと言いたいわけではありません。科学によっても、その他の教義によっても、いかなる政治体制によっても、宗教が歴史の忘却のなかに葬り去られることは決してないでしょう。科学が進歩すればするだけ、人間はその目的について問うことになるはずです。「いかにして？」を問う神がいつか消えても、「どうして？」を問う神は決して死ぬことはないでしょう。私たちは千年後には今日と同じ宗教を持っていないかもしれません。しかしいかなる宗教も存在しない世界など想像もできません。

そしてただちに次のように付け加えたいと思います。私の観点からすると、精神的なものへの欲求は、必ずしも信者のコミュニティに帰属することを通して表現されるべきものではありません。実際、それぞれにいろんな点で自然で正当なものであるけれど混同すべきではない危険なふたつの深い憧れが見受けられます。一方には、私たちの人生、苦悩、失望を超越し、生と死に意味——それが錯覚なのだとしても——を与えてくれる世界観への憧れがあり、他方には、自分を受け入れ、承認し、そのなかにいれば言葉を費やさずとも理解してもらえるコミュニティと結びついていたいという、人間であれば誰しも抱く憧れがあります。

私が夢見るのは、宗教がもはや存在しないような世界ではなく、精神的なものへの欲求が帰属の欲求とは切り離されているような世界なのです。誰もが信仰や崇拝、そして聖なる書物から触発された道徳的な諸価値を維持したまま、宗教を同じくする者たちの集団の一員となる必要をもはや感じることのない世界。もはや宗教が戦争状態にある諸民族の接着剤として使われることのない世界。教会を国家から分離するだけでは不十分なのです。宗教的なものをアイデンティティ的なものから分離することも同じくらい重要なのです。そして、このような混同が狂信や恐怖や民族紛争に火を注ぎつづけるのを避けようと思うのなら、まさにちがうやり方でアイデンティティの欲求を満たすことができなければならないのです。

未来は人間が作るものである

そこから最初の問いに戻ることになるのです。今日では、いったい何が信者のコミュニティへの帰属の代わりになりうるのでしょうか?

ここまで書いてきたことからおわかりになると思いますが、問題は、宗教的な帰属が、究極の帰属、はかなさにもっとも縁遠く、もっとも大地に根づき、人間の持つ多くの基本的欲求を満たすことのできる唯一のものだと見なされていることなのです。そしてまた、この帰属が、他の伝統的な帰属によって長期的に取って代わられる見込みがなさそうだということなのです。他の伝統的な帰属——国家、民族、人種、そして階級ですら——はどれも結局、宗教的な帰属以上に偏狭で制限的で、同じくらい人の命を奪うものでした。もしも「地球規模の部族」への帰属が乗り越えられなければならないとしたら、もっと巨大で、もっと完璧な人間主義的なヴィジョンを持った帰属を目指すしかありません。

しかし、それはどのような帰属なのか？　そうひとは私に問うでしょう。「もっと巨大な帰属」とはどのようなものなのか？　「人間主義的ヴィジョン」とはどのようなものなのか？　少し視線を世界に向けてみれば明らかですが、歴史を通じて多くの人々を動かしてきた、宗教という強力で根深い帰属に匹敵するような新しい帰属など存在しません。グローバルたらんとするあらゆるヴィジョンが今日では、ナイーヴに見えるがゆえに、あるいは自分たちのアイデンティティにとって危険に見えるがゆえに、同時代人の不信を引き起こしているだけになおさらそう言えます。

不信は、間違いなく私たちの時代のキーワードのひとつです。イデオロギーに対する不信、よりよい明日というものに対する不信、政治、科学、理性、近代に対する不信。進歩の概念に対する不信、二十世紀——有史以来前例のないほどの偉業を成し遂げてきた世紀、しかし許しがたい犯罪とかなえられなかった希望の世紀——を通じて私たちが信じてきたほとんどすべてのものに対する不信。さらにまた、グローバルだとか世界的だとか地球規模だとか形容しうるすべてのものに対する不信。

ほんの数年前までは多くの人たちが、いわば人類史の当然の帰結と見なされていた地球規模の帰属という考え方を受け入れつつあったのです。トリノの住民はそうやって、ピエモンテ人、ついでイタリア人になったあと、引き続きヨーロッパ人、そして世界人になろうとしていたのです。私は極端に単純化していますが、人類はだんだん拡大していく帰属に向かって不可逆的に進んでいく、という考え方は極端なものとは見なされていなかったのです。地域的統合が次から次へと進み、人類はいつか究極の統合に到達するだろうと思われていたのです。二つの競合するシステム、資本主義と共産主義に関して、きわめて魅力的な理論さえ存在していました。前者はますます社会的になり、後者はより計画的な傾向を弱めていき、両者は最終的にはひとつになるというのです。宗教に関しても同じことが考えられていました。あらゆる宗教はひとつになって、心を慰めてくれる巨大な折衷主義的なものになるだろうと言われていたのです。

誰もが知っているように、歴史は人の引いた道どおりには決して進んでくれません。歴史がそもそも不安定で、測りがたく、解読できないものだからではありません。人間の理性を逃れるものだからでもありません。歴史はまさに人間が行なうものでしかなく、個人的なものであれ集合的なものであれ、人間の行為、言葉、交換、対立、苦悩、憎しみ、近しさのすべてが合わさったものだからです。歴史の行為者の数が多ければ多いほど、彼らが自由であれば自由であるほど、その行為は複雑になり、把握するのが困難になって、これを単純化しようとする理論を拒むのです。

歴史はどの瞬間にも無数の道を進んでいます。それでもなお、そこから何らかの意味を引き出すことはできるのでしょうか？　おそらく「到着」の時点にしかその意味はわからないでしょう。もっとも「到着」というこの語自体にまだ意味があればの話ですが。未来は私たちの希望どおりの未来になるのでしょうか、それとも悪夢のような未来になるのでしょうか？　自由な未来になるのでしょうか、それとも隷従に満ちた未来になるのでしょうか？　科学は結局私たちを救済する道具になるのでしょうか、それとも私たちを破壊する道具となるのでしょうか？　私たちは創造者である神の優れたアシスタントとなっているでしょうか、それとも下劣な魔法使い見習いになっているでしょうか？　私たちが向かっているのは、よりよい世界なのでしょうか、それとも「素晴らしき新世界」なのでしょうか？

そして何よりも、これから来る数十年のあいだ、何が私たちを待ち受けているでしょうか？　「文明間の戦争」でしょうか、それとも平穏な「地球村」でしょうか？　未来はどこにも書き込まれておらず、私たちの行ないこそが未来を作るのだと私はかたく信じています。

それでは運命はどうでしょう？　と東洋の人間である私にことさら目配せしながら尋ねてくるひともいるでしょう。人間にとって運命は帆に吹く風のようなものです、と私は答えることにしています。舵を握っている者は、風がどこから、どのような力で吹いてくるかを決めることはできませんが、帆の向きを変えることはできます。そしてそれが時に大きなちがいを生むのです。経験の足りなかったり不注意だったり判断を間違ったりした船乗りを死に至らしめるその同じ風が、他の者を目的の港に運んでくれるのです。

地球全体に吹いているグローバル化の「風」に関しても、ほぼ同じことが言えるのではないでしょうか。これを阻止しようとするのは愚かしいことです。ですが、船首をしっかり定め、岩礁を避けながら、巧みに航海すれば、「目的の港」に到着することができるのです。

グローバル化から生まれる新しいアイデンティティの概念

この航海の比喩で十分だとは思っていません。この比喩には限界があります。もっとはっきりと説明する必要があるでしょう。この数年来加速し、私たちの生活を、とりわけコミュニケーションと知へのアクセスにおいて、根本から変化させた素晴らしい技術的進歩が、私たちにとって「よい」ものか「悪い」ものなのか問うたところで何の役にも立ちません。これは国民投票にかけられるようなプロジェクトではなく、紛れもない現実なのです。とはいえ、これがどのように私たちの未来に影響するかは、ほとんど私たち次第なのです。

いっさいがっさいを拒絶したい、世界化、グローバル化、支配的な西洋に、あるいはあの耐えがたいアメリカに激しい呪詛を投げつけて、みずからの「アイデンティティ」に閉じこもりたいと思う者たちがいます。かと思えば反対に、すべてを受け入れ、何の分別もなく、もはや自分が誰なのか、自分自身も世界もどこに向かっているのかわからぬまま、やみくもにすべてを「丸のみ」しようとしている者たちもいます！　このふたつはまったく正反対の態度ですが、共に諦念によって特徴づけられているという点で、結局は同じものなのです。両者——苦々しいものと甘ったるいもの、不満と素朴——は、同じ前提から出発しています。つまり世界は線路の上の列車のように進み、何もその進路を変えることはできないと思っているのです。

私の感じていることはちがいます。実際、グローバル化の風によって私たちは最悪の事態に行き着くこともあるでしょう。しかし同じように、最良の事態に至ることもあると思うのです。私たちをあまりに急速に接近させつつある新しいコミュニケーション手段は、その反動で私たちがおのれの差異を表明するようになるのだとしても、私たちが運命を共有していることを意識させてくれもします。だからこそ私は、現在の進展が最終的には有利に働き、アイデンティティの概念の新しいアプローチが生まれてくるだろうと思っているのです。私たちのすべての帰属の合計として知覚されるようなアイデンティティです。そのようなアイデンティティのなかでは、人類というコミュニティへの帰属がだんだんと重要性を増していき、いつかいちばん重要な帰属となるでしょう。しかしだからといって、私たちの持つ数々の個別的な帰属が消し去られることはないのです——もちろん、グローバル化の「風」が必然的に私たちをこうした方向に向かわせる、とまでは言いません。しかし、この風によって、こうしたアプローチを思い描きやすくなっています。そして同時にこうしたアプローチは不可欠なのです。

3

私たちは先祖よりも同時代の他人と共通点が多い

「人間はもはや彼らの父親の息子というよりは彼らの時代の息子なのだ」と歴史家のマルク・ブロックは言いました。おそらくそれはいつの世でも真実だったのですが、今日ほどそれが真実になった時代はありません。この数十年のあいだにどれほど加速度的に物事が進んだか喚起するまでもないでしょう。私たちの同時代を生きる人であれば誰でも、かつてであれば一世紀はかかったような変化が、ほんの一、二年のうちに生じていると感じることがあるはずです。非常に高齢の人たちでも、子供のころ感じ考えていたことを思い出したり、これまで身につけてきた習慣もまだなければ、いまではそれなしの生活など考えられない道具や製品もないころを思い出したりするには相当苦労すると思います。若者たちのほうも、何世代も前の生活とまでは行かなくとも、自分たちの祖父母の生活がどのようなものであったかまるで知らないようなこともしばしばです。

じじつ、私たちはみな、自分の先祖よりも自分の同時代人のほうにはるかに近いのです。

私は自分の曾祖父よりも、プラハやソウルやサンフランシスコの通りから任意に選んだ通行人と多くのものを共有していると言えば、誇張になるでしょうか？　ですが、外観、服装、歩き方ばかりでなく、生活様式、仕事、住居、周囲にある道具ばかりでなく、道徳観や思考の習慣においても実際にそうなのです。

信仰においてもそうです。私たちが自分のことをキリスト教徒――あるいはイスラム教徒、ユダヤ教徒、仏教徒、ヒンドゥー教徒――だと言ったところで、私たちの来世および現世についての考え方は、五百年前に生きていた「同信者たち」のそれとはほとんど無関係です。彼らの大部分にとって、地獄は小アジアやアビシニアと同様に現実に存在する場所でした。そこでは足に鉤爪の生えた悪魔たちが、世界終末の絵画に見られるように罪人たちを永遠の業火のなかに突き落としていたのです。いまではそんなふうに考えている人はまったくと言っていいほどいません。きわめてカリカチュア的な例を出しましたが、同じことはあらゆる領域において私たちの考え方全体について言えます。いまでは信者に何の問題もなく受け入れられている多くのふるまいが、かつての「同信者たち」には思いも寄らないものだったのです。私はまたもやこの語を括弧に入れましたが、それは、先祖である彼らが実践していたのが、私たちの宗教とは同じものだとはとても思えないからです。もしも私たちが現在のようなふるまいのまま、彼らとともに生きていたとしたら、不信心者、あるいは放蕩者、あるいは異端者、あるいは魔法使いとして、通りで石を投げつけられるか、牢獄にぶち込まれるか、焚刑にかけられていたことでしょう。

〈垂直的な〉遺産と〈水平的な〉遺産

要するに、私たちの誰もがふたつの遺産を受け継いでいるのです。ひとつは、自分の先祖、民族の伝統、宗教的コミュニティに由来する「垂直的なもの」。もうひとつは、自分の生きている時代、同時代人に由来する「水平的なもの」。この後者のほうがずっと影響力を持っていると思われますし、日々少しずつその影響は強まりつつあります。しかしそれは、私たちが自己について抱く感覚には反映されません。私たちが頼みとするのは、「水平的な」遺産ではなく、もう一方の遺産のほうなのです。

この点を強調することを許していただきたいと思います。私たちの時代に典型的なアイデンティティの概念を考えようとするなら、ここが本質的なポイントになるからです。一方には、私たちの現実の姿があります。文化的なグローバル化の影響によって私たちがそうなってしまった姿。すなわち、同時代人の広大なコミュニティと、参照するものを、ふるまいを、信仰の本質的な部分を共有し、ありとあらゆる色の糸で織りなされた存在です。そして他方には、私たちが自分はこのようなものだと思い描いている姿があります。自分はこうなのだと主張している姿。すなわち、ほかならぬこのコミュニティの成員、ほかならぬこの信仰に帰依する信者としての自分です。大切なのは、私たちの宗教的、民族的、その他の帰属を否定することではありません。しばしば決定的な力を持つ「垂直的な」遺産の影響を否定することでもありません。現時点ではとりわけ、現実の私たちの姿と私たちが自分はこのようなものだと信じている姿とのあいだには溝がある、という事実をはっきりさせておくことが大切です。

実のところ、私たちがこれほど激しくみずからの差異を主張するのは、まさに私たちがだんだんとたがいにちがわなくなってきているからです。数々の争いや何世紀にも及ぶ反目にもかかわらず、一日また一日と私たちのあいだの差異は少しずつ減じ、私たちのあいだの類似は少しずつ増大しつつあるのです。

私がそのことを喜んでいるように見えるかもしれませんね。人間同士が次第に似てくるのを本当に喜ぶべきなのでしょうか？　そのうちただひとつの言語しか話されなくなり、誰もが最小限の同じ信仰を共有し、誰もが同じサンドイッチをむしゃむしゃ食べながら、テレビで同じアメリカの連続ドラマを見るような世界に私たちは向かいつつあるのではないでしょうか？

グローバル化が導くふたつの正反対の道筋：普遍性と画一性

この問いは、カリカチュアとしてではなく、きわめて真摯に問われる価値のあるものです。実際、私たちが経験している時代には人をひどく困惑させるところがあり、私たちの大部分の目には、グローバル化が、豊かさをもたらす素晴らしい混淆というよりは、貧しさをもたらす画一化に見えるのです。自分の文化、アイデンティティ、価値を守るために闘うべき脅威に見えるのです。

これは後衛における戦いでしかないのかもしれませんが、いま私たちには自分が何も知らないということを認める謙虚さが必要です。歴史のゴミ箱のなかに、見つかるだろうと期待していたものがつねに見つかるわけではないのです。そしてとりわけ、これほど多くの人たちがグローバル化に脅威を感じているとしたら、この脅威をつぶさに検討するのは当然だと思うのです。

なるほど、危険を感じている者たちには、人類と同じくらい古い、あの変化に対する恐怖というものがうかがえます。しかし、より今日的な不安というものもあり、その不安に根拠がないとまでは言えないと思うのです。というのも、グローバル化によって私たちはふたつの対立する現実——一方は私には歓迎すべきものに思えるのですが、もう一方は歓迎できません——に、同時に直面させられることになるからです。つまり普遍性と画一性です。このふたつの道は、あたかも同じ一本の道であるかのように、もつれあって区別がつかなくなっているように私たちには見えます。そのために、一方は単に、もう片方の表向きの顔でしかないのではないかと思えるほどです。

私としては、このふたつの道は、隣りあい、こすれあい、見渡すかぎり絡みあってはいるけれど、まったく別のものだと確信しています。ただちにもつれをほどこうとするのは無理な話だとしても、最初の一本を引っぱってみることはできます。

4

人間の普遍的諸権利は何にもまして優先されなければならない

普遍性の前提にあるのは、人間の尊厳には内在する諸権利が存在し、宗教、肌の色、国籍、性別その他の理由から、そうした権利を同じ人間に対して否認することは誰にもできない、という考え方です。それが何よりも意味するのは、具体的な特定の伝統——たとえば宗教——の名のもとになされる、男女の基本的諸権利に対するあらゆる侵害は、普遍性の精神に反するものであるということです。一方に、人権に関するグローバルな憲章が存在し、他方に、イスラム的憲章、ユダヤ的憲章、キリスト教的憲章、アフリカ的憲章、アジア的憲章といった個別の憲章が存在するなどということはありえないのです。

この原則に関して異議を唱える人はほとんどいないでしょう。ところが、これを実践するとなると、多くの人たちがまるで原則など信じていないかのようにふるまうのです。たとえば、西洋のいかなる政府も、アフリカやアラブ世界における人権に対しては、ポーランドやキューバに対してのような厳しい視線を向けていません。これは相手を重んじているふりをしているものの、きわめて人を馬鹿にした態度に見えます。誰かを尊重すること、その歴史を尊重することは、その人が自分と同じ人類に属していると考えることであって、異なる人類、値打ちの低い人類に属していると考えることではありません。

この問題はそれ自体が具体的な証拠に基づいて詳細に論じられるべきものですが、私の意見を長々と論じるつもりはありません。ただ、この問題は普遍性の概念にとって本質的なものだと思われるので、ここでどうしても触れておきたかったのです。普遍性の概念は、いかなる区別もなくあらゆる人間にかかわる諸価値が存在することを前提にしていなければ、何の意味も持たないでしょう。そうした価値が何よりも優先されるのです。伝統は、それが敬意に値する場合にのみ、つまり、まさしく男女の基本的諸権利を尊重している場合にのみ尊重に値します。「伝統」あるいは差別的な法を尊重することは、その犠牲者を軽蔑することです。どんな人々も、どんな教義も、その歴史のある時点で、心性が進化していくうちに人間の尊厳と両立しないふるまいを生み出すものです。どこであっても、そうしたふるまいを抹消線を引くようにして消すことはできません。しかしだからといって、それを告発したり、それがなくなるよう行動したりする必要はないということにはなりません。

基本的諸権利にかかわるすべて——いかなる迫害も差別も受けることなく、父祖の地で完全な市民として生活する権利、どこにいようとも尊厳をもって生きる権利、自分の生活、愛、信仰を、他者の自由を尊重しつつ、自由に選択する権利、なににも妨げられることなく知識、健康、慎ましくまっとうな生活を手に入れる権利――をリストアップすることはできませんが、これらの権利を、信仰や先祖伝来のしきたりや伝統を守ることを口実にして、同じ人間に対して禁じることはできないのです。このような領域では、普遍性を目指し、必要ならば画一的になることも辞してはなりません。なぜなら人類は、多数でありながら何よりもひとつだからです。

グローバル化のなかで個々の文化を尊重すること

それでは、それぞれの文明の特殊性はどうなるのでしょうか？　もちろん、これは尊重しなければなりません。しかし、ちがうやり方で、そして明晰さを失うことなく尊重するのです。

諸価値の普遍性を目指す戦いと並行して、貧しさをもたらす画一化と、イデオロギー的、政治的、メディア的な覇権と、人を愚かにする全会一致主義と、多様な言語的、芸術的、文化的表現を阻害するあらゆるものと戦わなくてはなりません。単調で幼児的な世界へと向かうあらゆるものと戦わなくてはなりません。これは、ある種のしきたりや文化的伝統を守るための戦いなのですが、鋭敏で、厳しく、選択的で、臆病さとも過度の恐れとも無縁な、たえず未来へと開かれた戦いでもあります。

さまざまなイメージや音や概念や多種多様な製品が潮《うしお》のように地球全体を覆い尽くし、日々少しずつ私たちの嗜好や憧れやふるまいや生活様態や世界観を、そしてまた私たち自身を変化させています。この驚くべき豊かさからは、矛盾した現実が生み出されることもしばしばです。たとえば、パリやモスクワや上海やプラハの大通りを歩いていれば、確かに「ファースト・フード」という看板がすぐに目に入ってきます。しかし世界中どこでも、昔から海外に広まっていたイタリア料理やフランス料理や中国料理やインド料理ばかりでなく、日本料理やインドネシア料理や韓国料理、メキシコ料理やモロッコ料理やレバノン料理など、この上もなく多様な料理に出会う機会が増えているのもまた事実なのです。

こうしたことはあまり意味のない細部でしかないと考えている人もいますが、私の見るところ、これはきわめて示唆に富む現象です。日常生活のレベルで混淆がどのような意味を持つかが示されています。また、人間相互の反応がどのようなものになるかも示されています。実際、多くの人たちはこの発展のなかのごく一部分しか見ていません。つまり、若者たちがアメリカ的なファースト・フードに夢中になっているというところしか見えていないのです。私は放任主義の支持者ではありません。私が敬意を感じるのは、まさに流行に流されない人たちだけです。ある通り、ある地区の、あるいはある種の生活様式の伝統的な性格を守るために戦うことは、正当かつ、しばしば必要な戦いです。しかしその戦いが全体像を把握する妨げになってはいけません。

世界の至るところで、望むのなら、その国の料理を食べることはもちろん、アメリカの料理も含め、その他の伝統的な食文化に触れることもできます。イギリス人がミントソースのカレーを好む。フランス人がときどきポテの代わりにクスクスを食べる。ミンスクの住人が、何十年かの暗い生活ののちケチャップのかかったハンバーガーを食べるという願いを実現する——だからといって私は苛立ったりしません。反対に、このような現象が広がることを望んでいますし、それぞれの食文化が、四川のものだろうが、アレッポ［シリア第二の都市］のものだろうが、シャンパーニュ地方のものだろうが、プッリャのものだろうが、ハノーファーのものだろうが、ミルウォーキーのものだろうが、世界中で評価されることを願います。

私が料理について言っていることは、日常文化の他の側面についても言えるでしょう。たとえば音楽です。ここにもまた驚くべき豊かさがあります。しかしアルジェリアからはぞっとするようなひどいニュースがしばしば伝えられてきます。しかしアルジェリアは創意に富んだ音楽の発信源でもあり、その音楽はアラビア語、フランス語、カビール語を話すすべての若者たちによって広まっています。結局自国にとどまる者たちもいれば、国をあとにする者たちもいます。しかし旅立つ者たちは自分たちと一緒に、そして自分たちのなかに、ある民族の真実、ある文化の魂を運んでいるのであり、彼ら自身がその生き証人なのです。

彼らのたどる道は、それよりももっと古くもっと広大な道を、かつて奴隷としてアメリカ大陸に移送されたアフリカ人たちがたどってきた道を思い起こさせます。その音楽はルイジアナやカリブ諸国から世界中に広まり、いまではすでに私たちの音楽的および情動的な遺産の一部となっています。これもまたグローバル化なのです。過去において人類が、これほど多くの音楽を、リヴァプール、メンフィス、ブリュッセル、ナポリからの声と同じく、カメルーン、スペイン、エジプト、アルゼンチン、ブラジル、カーボ゠ヴェルデからの声を、意識的に広めていく技術的手段を手にしたことはありませんでした。これほど多くの人間が、演奏し、作曲し、歌い、聞いてもらう可能性を手にしたことはなかったのです。

5

グローバル化に対するふたつの不安について

確かに私は、私の目にグローバル化の成果のひとつとして、そして普遍性をまさしく示す要因として見えるものを重視しすぎているかもしれません。しかしだからといって、この繁栄のなかに、ますます勢いを増す英語系の音楽に比べればはるかに目につきにくいある重要でもない現象を見てしまう人たちの不安を無視するつもりはありません。これはやはり他の多くの領域においても、たとえば国際的なメディアの影響、そしてまたハリウッドが疑うべくもなく圧倒的な力を誇っている映画が話題になるときに見受けられる不安です。

不安と言いましたが、このような曖昧な言葉では、きわめて多岐にわたる反応を説明するには不十分です。ラジオであまりにフランス語の歌が聞かれないことに苛立つパリのカフェの主人と、衛星放送用アンテナ《パラボリック》を、ひとをかどわかす西洋の歌を伝達するからと、「悪魔にも等しい《パラディアボリック》」と呼ぶ狂信的な説教師とのあいだにはおそらく共通点はまったくありません。ただし両者ともに、いま形成されつつあるようなグローバルな文化に対してある種の不信を抱いています。いずれにしても、こういう言い方をしてよければ、私はこのふたつの不安に対して、等しく、ではなく、同時に、不安を覚えています。近代に対して怒り狂い、退行していくアラブ世界など私は望まないし、おずおずと新しい千年紀に足を踏み入れていくような臆病なフランスも私の望むものではありません。

グローバル化は文化的な貧困をもたらすのではないか?

とはいえ、次のことはくり返しておきたいと思います。グローバル化が引き起こす不安が、私には時おり誇張されすぎているように思えるのですが、私はこうした不安を根拠のないものだとは考えていません。

こうした不安には二種類あるようです。ひとつ目の不安は、もっと論じられてしかるべきものですが、本書の枠を大きくはみ出してしまいますので、ここでは簡潔に指摘するにとどめておきます。ひとつ目は、現在の激動は、驚くべき豊饒さ、表現手段の増大、意見の多様化へと向かうのではなく、逆説的にもその反対のもの、貧困化へ行き着くことになるとする考え方です。かくして熱狂的な音楽表現の繁栄は、最終的には甘ったるく心地よい環境音楽のようなものにしか行き着かないということになります。さまざまな考え方の素晴らしい混淆からは、全会一致的な単純きわまりない意見、知的にはたいしたことのない共通分母的なものしか生まれないというのです。やがて、一握りの変わり者を除けば、誰もがステレオタイプばかりの同じ小説を読み――もし読むとしてですが！――、大量にぶちまけられるどれもこれも同じようなメロディーを聴き、同じようなストーリーの映画を見て、一言でいえば、音とイメージと信仰をぐちゃぐちゃ混ぜた同じおかゆを飲み込むようになるというわけです。

メディアについても、同じような不満を表明することができるでしょう。これほど多くの新聞、ラジオ、テレビがあるのだから、異なる意見がいくらでも聞けるだろうと私たちは思いがちです。ところが実際はその逆だと気づくのです。これらのメガフォンは、そのときの支配的な意見を拡声することしかできないので、まったくちがう鐘の音が聞こえなくなってしまうのです。イメージと言葉の奔流は必ずしも批判的精神を養うものではないのです。

そうなると、この繁栄は文化的多様性の要因となるよりは、何らかの狡猾な法則によって実際は画一化に向かうことになる、と結論すべきでしょうか？　視聴率の専制と「政治的正しさ」の逸脱に垣間見えるように、確かに危険は存在します。しかし、それはあらゆる民主主義的なシステムに内在する危険なのです。数の圧力に受動的に屈するのなら、最悪のことを恐れるべきです。反対に、手にしている表現手段を慎重に使えば、そして数字によって単純化された現実の下に、人間の複雑な現実を見ることを知っていれば、回避できない逸脱などないのです。

なぜなら――くり返す必要があるのでしょうか？――確かにそう見えるところもあるかもしれないとはいえ、私たちは大衆の時代に生きているのではなく、個人の時代に生きているからです。このような観点から見れば、人類は二十世紀にその歴史上最悪の危険を経験しながらも、予想以上にうまくそれを切り抜けたのです。

百年のあいだにこの星の人口は四倍になりましたが、過去に比べれば誰もが自分が個人だということ、そして自分の権利を意識するようになっています。自分の義務についてはあまり意識しなくなっているようですが、社会における自分の位置、自分の健康、自分の幸福、自分の体、自分自身の未来、自分の手にしている権力、自分のアイデンティティ――それが各人に与える内容はどのようなものであれ――にかつてよりも注意を払うようになっています。そしてまた、私たちの一人ひとりが、現在手にしている前代未聞の諸手段をうまく使えば、自分の同時代人および未来の世代にかなり大きな影響を与えることができると思います。もちろん彼らに対して何か言いたいことがあれば、そして創造的にふるまうことができればの話です。新しい現実はその使用法と一緒に出現するわけではないのですから。

そしてとりわけ、「残酷な世界よ、おまえなんかもういらない！」とぶつくさこぼしながら、自分のうちに引きこもらなければの話ですが。

アメリカの覇権が強化されるのではないかという不安

このような臆病な態度は、グローバル化が引き起こすもうひとつの不安に関しても何の役にも立たないでしょう。そこで問題となっているのは、凡庸さによる画一化ではなくて、ヘゲモニーによる画一化なのです。これはきわめて多くの人たちに共有された不安であり、血ぬられた数多くの紛争や無数の緊張の原因ともなっています。

この不安は次のように表現できるかもしれません。グローバル化はアメリカ化とはちがうものなのだろうか？　それは結果として、世界全体に同じひとつの言語、同じひとつの経済、政治、社会システム、同じひとつの生活様式、同じひとつの価値体系、つまりアメリカの価値体系を押しつけることになるだけではないのか？　グローバル化という現象は全体として、支配の企てを下に隠した変装、カモフラージュ、トロイアの木馬にほかならないと考えている人たちもいるくらいです。

理性的な観察者からしてみれば、ある超大国によって、あるいは手を結んだいくつかの強国によって、技術や風俗慣習の発展が「遠隔操作されている」などと考えるのは馬鹿げています。

他方でグローバル化が、あるひとつの文明の優越やあるひとつの強国のヘゲモニーを強化することにならないかどうかは問うて然るべきです。そこには大きな危険がふたつあります。ひとつ目は、諸々の言語、伝統、文化が少しずつ消滅していくのを目にする危険。ふたつ目は、そのような危機にさらされた文化の担い手たちが次第にラディカルで自殺的な態度を取るのを目にする危険です。

グローバル化はアメリカ化なのか?

ヘゲモニーがもたらす危険は現実的なものです。「危険」など、まだなまやさしい言い方です。西洋文明が何世紀にもわたって、アジア、アフリカ、コロンブス以前のアメリカ、東ヨーロッパなどの他のあらゆる文明に対して特権的な地位を獲得していたことは疑うべくもない事実です。そうして他の文明はどんどんマージナルなものとなり、キリスト教の西洋によって作り直された、とまでは言わなくとも、深く影響されてしまったのです。そしてソヴィエト連邦の崩壊とともに、西洋先進国が自分たちの政治経済のシステムの絶対的な卓越を確たるものとし、そのシステムが世界全体の規範となりつつあることにもまた疑う余地はありません。

同様に、いちいち証明するまでもないことですが、冷戦の終結後、唯一の超大国となったアメリカ合衆国は現在、前例のない影響力を地球全体に及ぼしています。その影響力はさまざまなやり方で、ときには意図的行為によって――地域紛争を解決するため、敵を不安定にするため、ライバルの経済政策を弱体化させるために――顕示されています。しかしその影響力はしばしば、意図せずとも人を惹きつけてしまうという事実によって、そのモデルとしての力と魅力によっても示されています。きわめて異なる文化に出自をもつ何百万もの男女が、アメリカ人の真似をしようとしています。アメリカ人のように食べ、アメリカ人のように服を着て、アメリカ人のように話し、アメリカ人のように歌おうとしているのです。アメリカ人のように、あるいはアメリカ人はそうやっているだろうと思われるやり方で。

こうした誰の目にも明らかなことを私がいちいち列挙したのは、そこから派生するいくつかの問いを提示する前に、こうしたことをはっきり思い出しておくのは無駄ではないと思えたからです。こう問うてみたいのです。日夜発展しつつあるグローバルな文化は、本質的にはどれくらい西洋的なものに、より具体的に、どれくらいアメリカ的なものになるのでしょうか？　この問いかけを起点に、また別の問いが次々と生まれてきます。さまざまな文化はどうなっていくのでしょうか？　いま私たちが話している数多くの言語はどうなるのでしょう？　消滅するのは時間の問題の方言になってしまうのでしょうか？　グローバル化がますます文化や言語や儀礼や信仰や伝統を破壊し、アイデンティティを破壊するものになっていくとしたら、それはどのような雰囲気のなかで展開していくことになるのでしょうか？　私たちのそれぞれが、現在そしてまた将来、近代に到達するために自己を否認しなければならないのだとしたら、過去に回帰するような反応が、そしてまた暴力が全般化することになるのでしょうか？

ヒョウを飼い馴らす

Ⅳ

1

グローバルな文化のなかに自分の文化の要素が認められるだろうか?

これまでの頁において、そしてこれから続く頁においても本書は、ちょうど最初の数章においてアイデンティティという巨大な概念を論じつくそうとはしなかったように、グローバル化の概念が包含する――経済的、技術的、地政学的な……――諸現象の全体を把握しようとするものではありません。ここでもまた、目的とするところは、もっと慎ましく、もっと限定的なものです。どのようにしてグローバル化がアイデンティティにかかわる行動を過激にしているのか、そしてどのようにすればいつか世界化はそうしたふるまいをより殺人的でなくすることができるのかを理解したいのです。

私の考察の出発点にあるのは、よく知られたひとつの事実です。近代のなかに「外国人の手」が見えるとき、社会は近代を押し返して身を守ろうとする傾向があります。私は長々とアラブ=イスラム社会の、西洋からやって来たすべてのものに対する複雑な関係について話してきました。今日では、グローバル化に関して同じような現象が地球上のありとあらゆる場所で観察されています。そしてグローバル化が、何百万何千万もの人々のあいだに怒りに満ちた、自殺的で、全面的な拒絶反応を引き起こすことを避けたいのなら、それが確立しつつあるグローバルな文明が完全にアメリカ的なものに見えないことが重要です。各人がそこにいくらかは自分の姿を認め、同化できなければなりません。その文明は癒しがたく他者のものだ、だから敵意に満ちたものだ、などと考える人があってはなりません。

ここでもまた、「相互性」の原則が参照すべき重要な原則になると思います。今日では、私たちの誰もが、もっとも強力な文化に由来する無数の要素を受け入れなければならなくなっています。しかし重要なのは、各人が自分の文化のなんらかの要素――人物、モード、芸術作品、日用品、音楽、料理、言葉……――が、北アメリカも含めたあらゆる大陸で受け入れられ、全人類に共通する普遍的な遺産の一部となっていることを確認できることなのです。

アイデンティティとはまず、シンボルにかかわり、外観にかかわってくるものです。ある集まりのなかに、私の名前と同じ響きの名前を持ち、同じ肌色をして共通点も多く、さらに具合の悪いところも似ているような人々を見かけたら、そうした人たちの集まりに自分は代表されていると感じるものです。「帰属の糸」が私をそうした集まりと結びつけるのです。この糸は細いものでも太いものでもありえますが、アイデンティティを同じくする人たちの存在は見た目ですぐにわかるのです。

人の集まりに言えることは、社会集団や国民的コミュニティ、そしてまたグローバルなコミュニティにも当てはまります。どこにいようとも、同一化を可能にするための徴や他者と向きあうための道筋をひとは必要とします——それがアイデンティティの欲求を満たすもっとも「市民的な」方法です。

内部の緊張を緩和する必要があるときにはこうした側面に注意深いのに世界の多様な諸文化との関係となると、そうでもない社会が存在します。そうです、私の念頭にあるのはアメリカ合衆国です。そのひとがポーランド系だろうが、アイルランド系だろうが、イタリア系だろうが、アフリカ系だろうが、ヒスパニック系だろうが、アメリカでテレビの前に座れば必ず、ポーランド系、アイルランド系、イタリア系、アフリカ系、ヒスパニック系の名前や顔を次々と目にすることになります。それはあまりにシステマティックで、あまりに「作為的で」、あまりにお約束どおりなので、ときどき腹が立ってきます。警察ドラマでは、マイノリティを否定的に描いている印象を与えないよう、十回のうち九回は、強姦者が青い目をした金髪男になるのです。犯罪者が黒人のときには、その男を追跡する刑事は白人であり、警察署長は黒人になるよう配慮されています。イライラしてくる？ええ、それはやはり……。しかしカウボーイとインディアンの出てくる古い映画では、インディアンたちが、子供たちの万雷の拍手を浴びながら、大波のように次から次へとなぎ倒されていたことを思い出せば、現在の態度は必要最低限の悪だという気もします。

とはいえ、このようなバランスを保つための行動に、過大な評価を与えるつもりはありません。それが時に人種的、民族的その他の偏見を後退させることがあるにせよ、逆にそうした偏見の永続に貢献してしまうこともしばしばだからです。同じ原則――「いかなるアメリカ人も、目にし耳にするものから傷つけられるようなことがあってはならない」――の名のもとに、画面上では、白人男性と黒人女性、あるいは白人女性と黒人男性が結婚することが、ほとんど排除されています。世論はそうした類の混血に居心地の悪い思いをするからだというのです。その結果、各人は自分の「部族」のなかだけで「つきあう」ことになります。ここでもまた、それがあまりにシステマティックで、あまりに予想どおりなので、腹も立ってくるし、侮辱されているような気さえしてきます。

これこそまさにひとを幼児化させる全会一致主義の逸脱というものです。しかしだからといって、現在アメリカ合衆国において支配的な単純な考え方の正しさが否定されることはないと思うのです。この考え方によれば、すべての市民、とくに「少数派」は、テレビを見るとき、そこに現われる名前や顔に自分の姿を認めることができなければなりません。国民的コミュニティから排除されていると感じさせないよう、誰もがテレビのなかで自分がポジティヴに表象＝代表されているのを見ることができなければならないというわけです。

これは、より大きな枠組みにも適用されるべき考え方ではないでしょうか。今日では地球全体が同じイメージ、同じ音、同じ製品にアクセスできるのです。であれば、そうしたイメージや音や製品があらゆる文化を代表するものとなるのが普通ではないでしょうか？　誰もがそこに自分の姿を認め、自分はそこから排除されていないと感じるようになるのが普通ではないでしょうか？　ちょうど個々の社会の内部で同様に、世界のどこを見わたしても、自分がないがしろにされ、おとしめられ、愚弄され、「悪魔扱いされている」と感じるひとが誰ひとりいてはなりませんし、誰ひとりとして他の人々のなかで生きていくために、自分の宗教や肌色や言語や名前を、どんなものであれ自分のアイデンティティの構成要素を、恥ずかしそうに隠すことを余儀なくされるようなことがあってはなりません。各人が頭をまっすぐ上げ、恐れることも恨むこともなく、自分の帰属のひとつひとつをしっかり受け入れることができなくてはならないのです。

グローバル化の犠牲者になるかどうかは私たち次第である

目下進行しつつあるグローバル化が、一方通行的にしか機能しなければ悲惨なことになるでしょう。一方には「普遍的な発信者」がいて、もう一方に「受け取り手」がいる。一方には「規範」が、他方には「例外」がある。一方には他の世界から学ぶことは何もないと信じきっている人たちが、他方には世界は自分たちの言うことなど決して聞いてくれないと思い込んでいる人たちがいる、というように。

こう書きつけるとき、私の念頭にあるのは、ヘゲモニーを確立したいという誘惑だけではなく、地球のさまざまな場所で出現している別の誘惑のことなのです。それはヘゲモニーの誘惑とは反対のものというか、そのネガであり、同じくらい不吉に見えるものです。それは、怨恨の誘惑です。

目のくらむような思いにとらえられ、実に多くの人たちがいま起きていることを理解するのを諦めています。実に多くの人たちが、生まれつつある普遍的文化に貢献することを諦めています。周囲の世界は理解を寄せつけず、敵意に満ち、残虐で、錯乱的で、悪魔的なものであるとはじめから決めつけているからです。実に多くの人たちが犠牲者の役回りに閉じこもりたいという誘惑に駆られています——アメリカの犠牲者、西洋の犠牲者、資本主義あるいは自由主義の犠牲者、新しい技術の犠牲者、メディアの犠牲者、変革の犠牲者……。こうした人たちが収奪されていると実際に感じており、苦しんでいることは否定できません。ただ私に不適切だと思われるのは、彼らの示す反応なのです。攻撃されたことで心を閉ざしてしまうことは、攻撃それ自体よりも被害者にとっては破滅的なことなのです。しかもそれは、社会にとっても個人にとっても言えることです。身を縮こまらせる、バリケードに立てこもる、あらゆるものから身を守る、自分に閉じこもる、同じことばかり言う、探そうとしない、外に出て行こうとしない、前に進もうとしない、未来を、現在を、他人を怖がる。

そんな反応をしてしまう人たちに対しては、いつもこう言いたくなるのです。今日の世界はあなたたちが抱いているイメージとは似ても似つかないものですよ！　隠れた全能の力によって世界が支配されているなんてとんでもない！　世界が「他の者たち」のものだなんてちがいますよ！　おそらくグローバル化があまりに巨大で、目のくらむような速度で変化が起きているので、私たちの誰もが、次々と生起する事態にただ圧倒されるばかりで、物事の成り行きを変えることなどできるはずがないと感じているのです。しかしこの感情を、高いところに見える恵まれた人たちもまた痛切に感じているということは思い起こしてもよいでしょう。

前章で私はこう言いました。私たちの時代においては、誰もがいくらかは自分が少数派であり、疎外されていると感じている、と。というのも、あらゆるコミュニティ、あらゆる文化が、自分よりも強力なものと競いあっているような感じがして、これまで受け継いできたものを無傷のまま保存することはもうできないと思っているからです。南と東から見れば、支配しているのは西洋です。パリから見ると、支配しているのはアメリカです。しかしアメリカ合衆国に身を置いてみたとき、何が見えてくるでしょうか？　世界のあらゆる多様性を反映している、そしてそれぞれが自分の本来の帰属を表明したいと感じている少数派の者たちです。そうした少数派たちと出会うたびに、権力は白人男性に、アングロサクソンのプロテスタントに握られていると耳にたこができるほど聞かされてきたのに、突然、あのオクラホマ・シティの大爆発が起こったのです。犯人は何者だったでしょうか？　ほかならぬプロテスタントのアングロサクソンの白人たちだったのです。彼らは自分たちが少数派のなかでももっとも軽視され、もっともないがしろにされていると思い込んでいました。グローバル化は、「彼らの」アメリカに警鐘を鳴らすものだと思い込んでいたのです。残りの世界からしてみれば、ティモシー・マックヴェイとその仲間たちは、地球を支配し私たちの未来を掌中に収めているとみなされている民族の一員にしか見えません。ところが彼らには、自分たちが絶滅の危機に瀕した種族としか思えなかったのです。きわめて殺人的なテロリズムしかもう武器が残っていなかったのです。

となると、世界はいったい誰のものなのでしょうか？　いかなる人種や民族のものでもありません。歴史の他の時代にまして、世界はそこに自分の場所を作りたいと思うすべての者たちのものになっています。世界は新しいゲームの規則――それがどれほど混乱したものであれ――を理解し、自分のために活用しようとするすべての者たちのものなのです。

私たちの生きるこの世界の醜悪さを、私が羞恥心のヴェールで覆い隠そうとしているのではないということは理解していただきたいと思います。この本の冒頭から私はひたすら世界の機能不全、過激さ、不公平、殺人的な逸脱を告発してきたのです。私がここで強く反対しているのは、絶望の誘惑なのです。「周縁的な」文化の保持者たちのあいだにひどく広がってしまった、悲嘆や諦念や無気力に身を落ち着ける――そして自殺的な暴力なくしてはもうそこからは抜け出せない――態度なのです。

グローバル化が文化的多様性を、とりわけ言語と生活様式の多様性を脅かしていることは疑うべくもありません。以下の頁に改めて取り上げる機会があるかと思いますが、間違いなくこの脅威は過去においてよりもはるかに大きくなっています。ただ今日の世界は、脅威にさらされた文化を守りたいと思う者たちに、防衛手段を与えてくれてもいるのです。何世紀にもわたってそうであったように屈伏して無関心のうちに消滅する代わりに、そうした文化は生きのびるために戦う可能性を手にしているのです。その可能性を使わないのは愚かではないでしょうか？

文化の多様性とインターネット

私たちの周囲で起こっている技術的および社会的な変動は、ひどく複雑で巨大な現象です。そこから誰もが利益を受けることができるし、なんびとも――アメリカでさえも！――これを支配することはできないのです。グローバル化は、「誰か」が世界に行き渡らせようとしている「新秩序」の道具などではありません。むしろそれは、至るところに出入り口のある一種の巨大な闘技場にたとえられるでしょう。そこでは同時に、何千もの競技や戦いが展開されています。各人が自分の決まり文句や武具で身を固め、御しがたい騒乱に飛びこんでいます。

たとえば、インターネットです。これは、外部から、そしてはじめから不信の目で見るならば、地球規模のエクスプラズマ的怪物です。世界の列強がこれを使って地球全体にその触手を伸ばしているというわけです。内側から見ると、インターネットは自由のための素晴らしい道具です。各人が思いのままに使うことができ、誰もが適度に平等であるような空間で、そのなかでは才能ある四人の学生が国家元首や石油会社のトップと同じだけの影響力を及ぼすこともできます。インターネット上では英語の優位が圧倒的なのだとしても、翻訳に関して発明されているツールのおかげで、言語の多様性は日々少しずつ豊かになっています――そうした翻訳ツールは、まだ初歩的で貧弱で、時おり笑ってしまうような訳を作ったりしますが、それでも将来的には有望なものです。

より一般的に言って、新しいコミュニケーション手段のおかげで、同時代の大多数の者たち、あらゆる国のあらゆる文化的伝統の担い手たちが、将来私たちの共通文化となるであろうものの構築に貢献する可能性を手にしているのです。

自分の言語が死ぬのを防ぎたいと思うなら、自分の育った文化を世界中に知ってもらいたい、それを尊重してもらい、愛してもらいたいと思うなら、そして自分の属するコミュニティが自由、民主主義、尊厳、幸福を手にすることを望むのなら、戦いは負け戦と決まったわけではありません。あらゆる大陸からもたらされる例が示しているように、独裁や蒙昧や分離政策や軽蔑や忘却と巧みに戦う者たちは、しばしば勝利を収めています。飢餓や無知や疫病と闘う者たちもそうです。素晴らしいものであれ、倒錯したものであれ、表面的なものであれ、何らかのアイデアを持った人間が、そのアイデアをほんの一日のうちに何千万もの人々に知らせることができるという驚くべき時代に私たちは生きているのです。

何かを信じていれば、そして自分のなかに十分なエネルギーや情熱や生きる欲望があれば、今日の世界が私たちに提供してくれるさまざまな資源のなかに、自分の夢のいくつかを実現する手段を見つけることができるのです。

2

自然環境の多様性と同じように人間文化の多様性も尊重すべきである

先ほどの例を通じて、私は何を言おうとしていたのでしょうか？　今日の文明が私たちに問題を突きつけてくるときには、奇跡的なことにも、決まってそれを解決する手段も提供してくれる——そう言おうとしていたのでしょうか？　そこに何らかの法則を見出せるだけの材料があるとは思いませんが、近代の科学と技術によって人間に与えられた素晴らしい力が、正反対の使われ方、つまり一方では破壊をもたらし、他方では修復をもたらすような使われ方をするのも事実です。かつて自然がこれほどひどい扱いを受けたことはありませんでした。しかし私たちにはかつてよりも自然を保護する力があります。そのための手段は増大しているし、私たちも以前よりずっと意識的になっているからです。

だからといって、私たちの修復的な行為が必ずしも私たちの破壊能力と拮抗しているわけではありません。残念ながら、オゾン層や数多くの絶滅危惧種の例がそのことを物語っています。

私は環境とは別の領域についてお話ししてもよかったのかもしれません。この話題を選んだのは、そこに見られる危険と、グローバル化によって私たちが直面する危険にはよく似たところがあるからです。両者ともに、そこでは多様性が脅威にさらされています。何百万年も存続してきた果てにいま私たちの目の前で絶滅しつつある種と同じように、何百年、何千年と存続してきた多くの文化もまた、注意を怠れば私たちの目の前で滅ぶかもしれないのです。

すでに滅んでしまったものもあります。言語は、最後の使用者たちが死んでしまえば話されなくなります。歴史の流れのなかで、あまたの発見——服飾、医療、視覚芸術、音楽、身体芸術、工芸、料理、文学などにおける発見——からなる独自の文化を作り上げてきた共同体が、その土地、言語、記憶、知恵、固有のアイデンティティ、尊厳を失う危機にさらされています。

私が話しているのは、歴史の大きな変動から長きにわたって遠く離れたところにあった社会だけではありません。西洋であろうが東洋であろうが、北側であろうが南側であろうが、ありとあらゆる共同体の話をしているのです。共同体というのはどれもみな特殊なものです。ただ、共同体をその発展のある一時点だけに固定して考えるべきではありませんし、いわんやそれを物珍しい見世物に変えてはいけません。大切なのは、知識と活動からなる私たちの共通の遺産を、プロヴァンスからボルネオ、ルイジアナからアマゾンに至るまで世界中のあらゆる遺産を、それぞれの多様性を失わせることなく保護することなのです。今日の世界においては誰もが生を謳歌できるようにならなくてはいけません。技術的、社会的、知的な発展の恩恵を誰もが享受し、だからといって、一人ひとりのかけがえのない記憶や尊厳を失うことがないようにしなくてはなりません。

私たちが動植物の種の多様性に傾けているような注意を、人間文化の多様性に傾けるべきではないでしょうか？　自然環境を守りたいという私たちのかくもまっとうな意志を、人間環境にも広げるべきではないでしょうか？　「役に立つ」種がいるだけで、あとは「装飾的」に見える、あるいは象徴的な価値を持った種がいくつかあるだけになってしまったら、自然環境の点でも人間環境の点でも、私たちの地球はなんとも哀れな星になってしまうでしょう。

こうやって多面的に考えてみると、人間文化というものが、異なるふたつの論理に属していることがはっきりわかります。歯止めのきかない競争にますます向かっていく経済の論理、そして保護をその使命とするエコロジーの論理です。時代の空気をよく表わしているのは言うまでもなく前者です。しかし後者は今後も存在理由を失うことはないでしょう。貿易の自由を絶対的に支持する国々でさえ、たとえば自然の名所が不動産開発業者たちによって台無しにされないように保護法を制定しています。文化に関しても、ときには同種の対策を取って歯止めをかけ、取り返しのつかない事態を避けなくてはいけません。

しかしそれは一時的な解決策にすぎません。将来的には、私たち市民があとを引き継がなければなりません。パンダやサイの絶滅を防ごうとするときと同じくらい確固たる信念を持って、消滅の危機に瀕した言語のために知的、感情的、物理的に行動を起こす準備ができたときにはじめて、私たちは文化的多様性を守る戦いに勝利することができるでしょう。

アイデンティティの構成要素として言語は宗教とどこが異なるのか

ある文化、あるアイデンティティを定義するいくつもの要素のうちで、私はつねに言語を例に挙げてきました。しかし、言語は単にその他大勢のうちのひとつではない、ということは強調していませんでした。本書も終わりに近づき、ようやく言語だけを別に取り出して、これにふさわしい扱いをするときが来たようです。

私たちがたがいに相手を認識する帰属のうちで、言語はつねにと言っていいほどもっとも決定的な帰属のひとつです。少なくとも宗教と同じくらいには決定的なものです。歴史を通して、言語はある意味で宗教の主要なライバルでしたが、ときにはその同盟者でもありました。ふたつの共同体が異なる言語を使っているとき、フラマン系カトリック教徒とワロン系カトリック教徒、クルド系イスラム教徒とアラブ系イスラム教徒の例などからも明らかなように、共通な宗教があるだけでは両者をひとつにまとめることはできません。ちょうど言語にもとづく共同体が、現在のボスニアではスラヴ系正教徒とクロアチア系カトリック教徒とイスラム教徒のあいだの共存を保障してくれないのと同じです。世界の至るところで、共通の言語にもとづいて作られた多くの国家が、宗教的対立によって解体され、共通の宗教にもとづいて作られた多くの国家が、言語的対立によって分裂しています。

そんなことになるのは対抗心のせいです。ですが同時に、たとえばイスラムとアラビア語、カトリック教会とラテン語、ルターの聖書とドイツ語のあいだに何世紀にもわたって「同盟」が結ばれてきたことも疑いありません。そして現在イスラエル人がひとつの国民を形成しているのは、彼らを結びつける宗教のおかげだけではなく――その結びつきはもちろん強力ですが――、現代ヘブライ語によって真の国語を持つことができたからなのです。たとえ四十年間イスラエルに住みながら一度もシナゴーグに入ったことがなくとも、民族共同体の周縁に追いやられることはありません。しかしヘブライ語を学ぶ意志もないままイスラエルに四十年間も住んでいるような人には同じことは言えないでしょう。これは世界の他の多くの国々にも言えます。そして証明するまでもない当たり前のことですが、かりに宗教がなくとも人間は生きていけますが、言語なくしては生きていけません。

同じくらい自明なことですが、アイデンティティを構成するこの二大要素を比較する際には思い出すべきことがあります。それは、宗教は排他的になる傾向があるけれど、言語はそうではないということです。ひとは同時にヘブライ語、アラビア語、イタリア語、スウェーデン語を使うことはできます。しかし同時にユダヤ教徒、イスラム教徒、カトリック教徒、プロテスタントになることはできません。自分自身はいっぺんにふたつの宗教を信仰しているつもりでいても、他の人たちがそのような立場を容認してくれるはずがありません。

こんなふうにざっと宗教と言語を比較してみましたが、私はどちらが優れているとか、どちらが好ましいとか、白黒つけたいわけではありません。言語には、アイデンティティの要素であると同時にコミュニケーションの手段でもある、という素晴らしい特性があります。この事実に目を向けていただきたいのです。だからこそ、宗教に関して私が願っていることとは反対に、アイデンティティを構成するものから言語的なものを切り離すことなど考えられないし、そうすることが有益だとも思えないのです。言語には、文化的アイデンティティの軸となる使命があるのです。そして言語的多様性には、あらゆる多様性の軸となる使命があるのです。

アイデンティティの言語を自由に使う権利が保障されなければならない

人間とその言語の関係という、かくも複雑な現象を詳細に立ち入って検討するつもりはありません。とはいうものの、あまり紙幅の余裕はありませんが、ここでアイデンティティの概念にとくに関わるいくつかの側面を喚起しておこうと思います。

まず、あらゆる人間にはアイデンティティを与えてくれる言語が必要であるということを確認しておきたいと思います。その言語が何百万人もの人たちに共有されていることもあれば、数千人の人たちだけに共有されていることもあるでしょう。しかし数は問題ではありません。そこで唯一重要なのは、帰属感なのです。この力強く安心をもたらすアイデンティティの絆を、私たちの誰もが必要としているのです。

人間を言語と結びつけるへその緒を断ち切ろうとすることほど危険なことはありません。それが切られたり、ひどく揺さぶられたりすると、人格全体にひどい影響が及ぼされます。アルジェリアを血だらけにしている狂信は、宗教よりも言語と結びついた不満から説明できます。フランスはアルジェリアのイスラム教徒たちを改宗させようとしたことはほとんどありません。ところが、彼らの言語をすぐに自分たちの言語で置き換えようとしたのであり、その代償として完全な市民権を与えることもなかったのです。ついでに言うと、世俗国家を名乗る国家がどうすれば自分たちの国に住む一部の人たちを「イスラム教徒のフランス人」などという呼称で呼ぶことができたのか、そして自分たちとは宗教がちがうというただそれだけの理由で、その人たちからいくつかの権利を奪うことができたのか、私にはまったく理解できません。

余談はこの辺でやめておきましょう。これは数多くある悲劇の一例でしかありません。今日でもなおあらゆる国で、周囲の警戒心や敵意や軽蔑や嘲笑を招き寄せてしまう言語を話しているというだけで、人々が耐え忍ばなければならないすべてを事細かく語ろうと思えば、頁が足りなくなってしまうでしょうから。

あらゆる人間には自分のアイデンティティにかかわる言語を守り、これを自由に使う権利があります。この権利が一点の曇りもなく確立され、絶えず監視されなければなりません。この自由は、信仰の自由よりももっと重要だと思うのです。信仰の自由はときとして、自由に対して敵対的で、男女の基本的人権に反するような教義を擁護することがあるからです。私自身は、自由の廃止を叫んだり、憎悪と隷属を説く教義を奉ずる者たちにまで表現の自由を保障することには懐疑的です。反対に、すべての人間には自分の言語を話す権利があるという点については、この種の迷いが生じることはないはずです。

だからといって、この権利がいつでも容易に実現されているわけではありません。ひとたび原則が表明されたら、本質的な部分を実行しなければなりません。窓口に座っている役人に自分の言葉が通じることを疑いもせず、役所に行って自分のアイデンティティの言語で話すことのできる権利が誰にでもあるわけではありません。長いあいだ抑圧されてきた、少なくともないがしろにされてきた言語が、ほかの言語を押しのけて、そしてまた別の差別を生じさせる危険を冒してまで、自分の場所を要求してよいはずがありません。ここで大切なのは、パキスタンからケベック、ナイジェリアからカタロニアまで、それこそ何百もある個別の事例について考えることではありません。過去の不正義を別の不正義や別の排除や別の不寛容で置き換えることなく、みずからのアイデンティティのなかに複数の言語的帰属を共存させる権利をあらゆる人に認めながら、自由と穏やかな多様性の約束された時代に良識をたずさえて入っていくことなのです。

もちろん、すべての言語が生まれながらに平等ではありません。しかし言語についても人間についてと同じことが言えます。つまり、どの言語も等しくおのれの尊厳を尊重される権利があるのです。アイデンティティの欲求という点から見ると、英語とアイスランド語はまったく同じ役割を果たしています。人間同士の交流の道具という言語のまた別の機能を考えるときに、言語は平等でなくなるのです。

3

英語の優位について

この言語間の不平等に関して、すでに触れる機会もあったきわめて個人的な理由から、ここで数頁にわたって述べてみたいと思います。フランスで、世界の進み行きに不安を感じ、新たな技術革新に対して、そして知識や言葉や音楽や料理の新しい流行に対してためらいを示す人たちを見かけるとき、「臆病さ」や過度のノスタルジー、懐古趣味すら感じられるとき、たいていの場合、そこには何らかのかたちで、英語の絶えまない拡大や、英語の支配的国際語としての現在の地位に対して人々が抱く恨みが結びついています。

いくつかの点で、こうした態度はフランスに顕著だと思えます。言語に関してはフランスもまたグローバルな野心を持っていたがゆえに、英語の驚くべき飛躍によっていちばん煮え湯を飲まされたのはフランスだったのです。そのような大望を持たなかった——あるいはすでに捨てていた——国々にとっては、支配的言語との関係という問題はフランスと同じようなかたちでは生じません——ですが、問題そのものは生じているのです！

きわめて小さな言語であろうが、きわめて大きな言語であろうが、同じ問題に直面しています。使用者が三十万人にも満たないアイスランド語の例を取り上げてみましょう。得られるデータがシンプルだからです。この島の住民は、たがいにこの言語を話しますが、外国人と接するときには英語を使います。英語とアイスランド語の棲み分けがしっかりできているのです。アイスランド語は一度も国際貿易の言語だったことはないので、島の外部で他の言語と競合することはありません。そしてアイスランド人の母親の誰も自分の子供に英語で話しかけようとは思わないでしょうから、島の内部に競合する言語は存在しないわけです。

ただし知へのアクセスという巨大な領域に目を移すと、事態は複雑になります。若者たちが世界の他の地域の出版物を、英語ではなくアイスランド語で読みつづけられるようにするために、アイスランドはたえずコストのかかる努力を強いられています。用心を怠って、数と市場の原理に従おうものなら、国語はすぐに家庭でしか使われなくなって、その領域は狭まり、結局は単なる方言になってしまうでしょう。アイスランド語が完全な言語でありつづけ、アイデンティティの本質的な要素でありつづけるために進むべき道は、言うまでもなく、はじめから負け戦とわかっている戦いを英語に対して挑むことではありません。各人が国語の維持と発展に、そして他の諸言語との関係の維持と強化に努めることなのです。

インターネットに関して、よく注意してアイスランドのさまざまなサイト――人口数との比率からすると、世界でも有数の多さにちがいありません――を見てみると、三つのことが確認されます。それらはほとんどすべてアイスランド語で書かれています。大部分のものが、クリックひとつで、英語版に行けるようになっています。そしてまた、デンマーク語かドイツ語であることが多いのですが、三番目の言語を提供しているものもあります。個人的には、さらにほかの言語がもっと体系的に提供されていたらよいのにと思います。しかし、進む方向は間違っていないように思われます。

こういうことです。現在、地球全体とコミュニケーションをとりたければ、英語をよく知っていることが必要です。そのことに抗議しても何の意味もありません。しかし、英語だけで事足りるとするのもまた意味のないことです。英語が私たちの欲求のいくつかを完璧に満たしてくれるのだとしても、英語が満たすことのできない他の欲求があるのです。とくに、アイデンティティの欲求がそうです……。

アメリカやイギリスなどの人々にとって、もちろん英語はアイデンティティの言語です。しかし残りの人類にとって、すなわち我々の同時代人の九割以上にとって、英語はそのような役割を果たせません。人格を歪められ、道を見失った迷える者たちの群れを作り出そうとするのでもないかぎり、英語にそのような役割を担わせるのは危険なことでしょう。今日、この世界で安らぎを感じるために、そして世界を理解するために、自分のアイデンティティの言語を捨てなくてはならないようなことがあってはなりません。誰であれ、本を開くたびに、画面の前に座るたびに、議論し考えるたびに、「故郷から離れる」気がするようなことがあってはなりません。誰もが近代を他者から借用していると感じるのではなく、近代をわがものとすることができなければならないのです。

しかも、これこそいま強調すべきいちばん大切なことだと思えるのですが、アイデンティティの言語とグローバルな言語だけではもはや十分ではないのです。そのための手段を持ち、年齢的にも能力的にも可能な者であれば誰もが、その先へと進まなければいけません。

フランス人と韓国人が出会い、たがいに英語で話し、議論し、取引することができること。それは、過去に比べればたぶんひとつの進歩でしょう。しかしフランス人とイタリア人が英語でしか話せないとなれば、それは疑うべくもなく退化です。両者の関係は貧しくなっています。

マドリッドの図書館で、多くの読者がフォークナーやスタインベックを原文で味わうのは素晴らしいことです。しかし、いつの日かそこで、フロベールやムージルやプーシキンやストリンドベリが原文で読めなくなってしまったら、これほど残念なことはないでしょう。

こうしたことから、私にはきわめて重要に思えるひとつの結論が導き出せると思います。つまり、言語に関して必要最低限のものでよしとするのは、たとえ一見そうは見えていなくても、私たちの時代の精神に反することなのです。アイデンティティの言語とグローバルな言語とのあいだには、広大無辺の空間があって、それを満たすすべを知らなければならないのです……。

母語と英語のあいだにもうひとつ言語を

私の言ったことを例証するために、今度はより複雑で、より影響の大きな例を取り上げてみたいと思います――ヨーロッパ連合の例です。それぞれが独自の歴史と文化的な栄光を持つ国々が結集して、いま自分たちの運命をひとつにしようとしています。五十年後、これらの国々は連合、連邦となって、後戻りできないほどしっかり結びついているでしょうか、それともばらばらになっているでしょうか？　連合は東ヨーロッパへ、地中海へ広がっていくのでしょうか？　そしてどこまで広がっていくのでしょうか？　バルカン諸国も含むことになるのでしょうか？　ではマグレブは？　トルコは？　中近東は？　コーカサスは？　こうした問いに対する答え次第で、世界の将来の多くが、とりわけさまざまな文明、さまざまな宗教――キリスト教、イスラム教、ユダヤ教――のあいだの関係は変わってくるでしょう。しかしヨーロッパの建設の将来、連合の形態、パートナーとなる国家がどうなっていようとも、現在ひとつの問いが生じており、それはこれから何世代にもわたって、なおも問われつづけることになるでしょう。すなわち、数多くの――数十もある――言語をいかにして管理するのか？

多くの領域で、統一、整備、規範化が着々と進んでいますが、言語の領域では私たちは慎重になりがちです。将来、統一通貨と統一法に加えて、同一の軍隊、同一の警察、同一の政府が存在することになるかもしれません。しかし、諸言語のなかでもきわめて小さなものを取り除こうとするだけで、非常に感情的で抑えがたい激しい反発が引き起こされることになるでしょう。そんな悲劇を避けるためであれば、どんなにコストがかかろうがひたすら翻訳し、翻訳し、翻訳しつづけるほうがまだましだということでしょうか……。

その間にも、誰が決定したわけでもないのですが、事実上、統一は進んでいます。多くの者たちが苛立ちを覚えていますが、これは疑いようもない日々の現実なのです。イタリア人、ドイツ人、スウェーデン人、ベルギー人が酒を飲みかわすとき、それが学生であれ、ジャーナリストであれ、ビジネスマンであれ、組合活動家であれ、公務員であれ、どうしてもひとつの共通の言語を使わざるをえません。もしもヨーロッパが百年前、あるいは五十年前に統一されていたら、その言語はフランス語だったでしょう。今日ではそれは英語です。

各人の固有のアイデンティティを保持したいという意志と、ヨーロッパ人同士ができるかぎり困難を感じることなく話しあい意見を交換する必要性。これらふたつの要請をどこまで和解させられるでしょうか？　このジレンマから抜け出すには、そして人々が近い将来、痛ましくも出口の見えない言語紛争に陥らないようにするには、成り行きまかせではいけません。そんなことをすれば、どうなるかわかりきっているのですから。

進むべき唯一可能な道は、言語的多様性を強固にして、これを生活慣習のなかに定着させるべく自発的に行動することです。その出発点にあるのは、シンプルな発想です。すなわち、今日では誰もが明らかに三つの言語を必要としている。ひとつ目は、自分のアイデンティティの言語です。三番目のものが英語です。一番目と三番目のあいだで、必然的に二番目の言語の習得が奨励されます。何語を選ぶかは自由です。つねにそうなるとはかぎりませんが、ヨーロッパ内のほかの言語となることが多いでしょう。各人にとって、その言語は学校に入ったときから主要外国語となりつづけます。いや、それ以上のもの、心の言語、養子とした言語、結婚した言語、愛する言語……になるでしょう。

将来、ドイツとフランスとの関係は、両国の英語使用者の掌中に握られるのでしょうか、それともフランス語使用者のドイツ人とドイツ語使用者のフランス人の掌中に？ その答えは明らかなはずです。ではスペインとイタリアとの関係は？ ヨーロッパにおけるパートナーとなったすべての国々のあいだの関係は？ ほんのわずかな良識と明晰さがあれば、そしてほんの少しその意志がありさえすればよいのです。そうすれば、貿易や文化交流などの中心は、パートナーに対して格別な関心を傾け、その関心を文化的に真摯な態度によって――相手のアイデンティティの言語と深く結びつくことによって――はっきりと示す者たちに担われることになるはずです。このような人たちだけがずっと遠くまで関係を発展させることができるのです。

したがって将来的には、自分の言語と英語だけしか知らない「ゼネラリスト」と並んで、英語と母語という最小限の知識に加え、特権的なコミュニケーション言語を使いこなす「スペシャリスト」――親しみを感じて自由に選んだ言語を使って、個人的および職業的な自己実現を達成する者たち――が存在することでしょう。英語を知らないことが深刻なハンディキャップとなることに変わりはないでしょうが、英語しか知らないこともまた、ますます深刻なハンディキャップとなるでしょう。それは英語を母語とする人たちにも言えることです。

アイデンティティの言語を保護するとは、その話者が、今日の文明が提供するものを手にしたいと望むときに、おのれの言語から引き離されずにすむよう、言語を決して放置しておかないことです。第三の言語である英語の教育を容赦なく一般化すること。しかし、英語は必要であるがそれだけでは不十分であることを、若者たちに粘り強く説明すること。同時に、言語的多様性を奨励し、それぞれの国のなかに、スペイン語、フランス語、ポルトガル語、ドイツ語を、そしてまたアラビア語、日本語、中国語、専門家があまりいないがゆえに個人にとっても集団にとっても貴重なものであるその他の何百もの言語を使いこなせる人間がたくさんいるようにすること——これこそが、コミュニケーションの素晴らしい発展から、貧困や全般化した不信や混乱した精神ではなく、あらゆる点で豊かさを引き出したいと願う者にとって、進むべき叡智の道だと私には思えるのです。

グローバル化が西洋中心的なものになってしまえば……

文化的多様性を守るために私が示唆した方向に進むには、強い意志が必要であることは否定しません。しかしこの努力を惜しめば、物事をその自然な成り行きに任せてしまえば、そして私たちの目の前で形成されつつある普遍的文化が、これからも本質的には、アメリカ的で、英語中心的で、結局は西洋的でありつづけるとしたら、世界全体が損失をこうむることになると思うのです。まずアメリカ合衆国が損失を受けます。なぜならアメリカは、現在の力関係に苦しんでいる地球の大部分から背を向けられるでしょうから。非西洋文化の担い手たちが損失を受けます。なぜなら自分たちの存在理由を構成しているすべてを次第に失っていき、出口の見えない反抗の泥沼に引きずり込まれるでしょうから。そしてたぶん、他のどこにもましてヨーロッパが損失を受けます。それも二重の意味で。ヨーロッパは、言語的・文化的多様性を維持することができない上に、自分が排除されていると感じている者たちの最初の標的にされるでしょうから。

4

アイデンティティというヒョウを飼い馴らす

私ははじめこのエッセイに二重のタイトルをつけようとしていました。それは「殺人的なアイデンティティ、あるいは、どのようにしてヒョウを飼い馴らすか」というものです。どうしてヒョウなのでしょうか？　ヒョウは迫害されると人を殺し、自由にしておいても人を殺すものだからです。最悪なのはヒョウを傷つけたあと、自然に返すことです。しかしまた、ヒョウにしようと思ったのは、まさにヒョウは飼い馴らすことができるからです。このようなことが、アイデンティティの欲望に関して本書のなかで私が言いたかったことなのです。アイデンティティを迫害したり、アイデンティティにへつらったりするのではなく、これを観察し、じっくり研究し、理解し、次いで調教し、飼い馴らすべきなのです。世界がジャングルになるのを避けたいのなら、未来が最悪の過去のイメージそっくりになるのを避けたいのなら、五十年後、百年後に、私たちの子供たちがまだ、私たちと同様なすすべもなく、殺戮や追放やその他の「浄化」を目の当たりにする——目の当たりにするばかりか、ときには巻き込まれてしまうのを避けたいのならば。

ですから私は、必要が感じられるたびに、どうすれば「ヒョウ」をつなぎとめておくことができるかをお話しすることにしたのです。そんな話をする資格を私に与えてくれる何らかの真実を知っているからではありません。ただ、こうやって考察を深めていこうと決めた以上、希望ばかり語ったり、こうしろ、ああしろ、と命令文を並べ立てているだけでは無責任な気がしたのです。それで書き進めていきながら、どのような方向に将来性があり、どのような方向だと行き詰まると思えるのかを示さなければなりませんでした。

だからといってこの本は治療薬のカタログではありません。現実はかくも複雑でかくもたがいにちがうものなのだから、いかなる処方であれ、それをある国から別の国にそっくりそのまま当てはめることはできません。いま私は意図的に「処方」という言葉を使いました。レバノンで、日常会話のなかによく出てくるこの言葉は、権力を多数の宗教的コミュニティ間で分配する調整作業のことを意味するものです。私はずいぶん若いころから、この言葉を英語やフランス語で、とくに「sigha」――金銀細工師の仕事を指す言葉――というアラビア語で発せられるのを、よく耳にしてきたものです。

きわめて特殊なこの「レバノン的処方」は、それだけで長々と論じるに値するものです。しかしここでは、まさに特殊ではないほうの部分、だからより参考になり、より示唆に富む部分だけをお話ししたいと思います。二十ほどのコミュニティ――「宗派」といまだに呼ばれています――を、それぞれの固有の歴史、それらが数世紀にわたって感じてきた不安、血塗られた争いと驚くべき和解の数々を並べ立てるのではなく、その根幹にある考え方だけ紹介します。それは、各自の取り分を注意深く配分するシステムによってのみ、均衡を保つことができるという考え方です。

レバノンの政治システムの長所と短所

私の言いたいことをよりよく理解してもらうために、次のような問いから始めてみましょう。ある国で、そこに住む者たちが自分たちは異なる――宗教的、言語的、民族的、人種的、部族的、あるいはその他の――コミュニティに属していると感じているとき、このような現実をどうやって「管理」すべきなのでしょうか？　こうした帰属を重視すべきなのでしょうか？　とすれば、どの程度まで？　それとも、むしろ無視するべきなのでしょうか？　見て見ぬふりをすべきなのでしょうか？

答えは幾通りもあります。確かに、近代レバノンの創始者たちが思い描いた解答は極端なものでした。しかし、数多くあるコミュニティのすべてをそのまま承認した点では、敬意に値するものです。しかし、その承認の論理を極端なほど押し進めてしまったのです。模範例となったかもしれないのに、反面教師になってしまったのです。それが中近東の複雑な現実のせいであることは否めませんが、この方式そのものがはらむ欠陥、硬直性、罠、整合性のなさが原因であることもまた確かです。

だからといって、その経験のすべてを否定すべきではありません。私はさきほど「敬意に値する」と言いました。ひとつのコミュニティだけにすべての権力を与え、他のコミュニティには屈従や消滅を強いるのではなく、それぞれのコミュニティに場所を与えたというのは、敬意に値することだからです。単一の宗教、単一のイデオロギー、単一の政党あるいは単一の言語しかない国家ばかりが支配的な地域、コミュニティを隔てる壁の正しい側に生まれる幸運を持たなかった者たちには、屈従、亡命、あるいは死以外の選択が存在しないような地域において、微妙な均衡のシステムを構想し、自由を伸張させ諸芸術を開花させてきたという点では、敬意に値します。こうした理由から、その犯してきた失敗にもかかわらずレバノンが経験してきたことは、中近東の他の地域が経験してきたこと――

内戦には至らなかったかもしれませんが、弾圧、抑圧、ひそかな「浄化」、事実上の差別に支えられてなんとかバランスを保っている――よりも賞賛に値するように見えます。私はそう言いつづけていますし、これからも言いつづけるつもりです。

したがって、敬意に値する考え方から出発したにもかかわらず、レバノン方式は倒錯に陥ってしまったわけです。この逸脱は典型的に、割り当て《クオータ》システムの限界と、「コミュニタリアニズム的」ヴィジョンの限界を如実に示しています。

レバノン的処方の「考案者たち」がまず配慮したのが、キリスト教徒の候補者とイスラム教徒の候補者が対決するのを、そうやって各コミュニティが自然に自分たちの「息子」のまわりに動員されるのを回避することだったのです。採択された解決策は次のようなものでした。対決が、ふたつのコミュニティのあいだではなく、同じコミュニティに属する二人の候補者の間で生じるように、さまざまなポストを前もって分配しておくのです。理論的には、賢明で理にかなった考え方です。しかし共和国の大統領職から国会議員、そして公職に至るまで権力のあらゆるレベルで、これを適用しようとしたために、重要なポストのそれぞれが各コミュニティの「財産」と化してしまったのです！

同じポストに対して二人の候補者がいるとき、有能な候補者ではなくて、そのポストに「権利を持つ」コミュニティの候補者が選ばれるといういびつなシステムを、若いころ私はしょっちゅう罵倒したものです。いまでもなお、そうした機会があれば同じ反応をしてしまいます。ただひとつだけちがうことがあります。十九歳のときは、このシステムの代わりになるものであれば、どんなシステムでいいと思っていました。四十九歳になったいま、このシステムを替えたいと望む気持ちは同じですが、代わりになるのがどんなシステムであってもよいとは思っていません。

こう書きながら、私はレバノンの少し先を見ているのです。導入されたシステムがいびつなものだとわかったからといって、さらにもっといびつな結論を引き出さなくてはいけないとは思いません。たとえば、多数のコミュニティからなる社会は「民主主義には向いていない」とか、そうした社会ではきわめて強大な権力しか市民的平和を維持できない、などとは思いません。

ところが民主主義を信じる者たちのなかにさえ、この種の発言をする人がいます。こうした発言は「現実的」なものだと言いたいようですが、近年の出来事によって明らかに反証されています。民主主義がいわゆる「民族問題」をつねに解決できるわけではないとしても、独裁政治がそうした問題をよりよく解決すると証明されたことは一度もありません。ユーゴスラヴィアの一党独裁体制は、レバノンの多数政党制よりも市民の平和を維持できたでしょうか？　三十年前には、ティトー元帥は必要最低限の悪だと思われていました。世界は異なる民族が殺しあうところなどもう見たくなかったからです。ところがいまでは、根本的な問題は何も解決されていなかったどころか、その反対だったことが明らかになっています。

旧共産圏の大部分の国々で起きたことはまだ記憶に新しいので、長々と説明する必要はないでしょう。しかし民主的な生活を阻害する権力は実際、伝統的な帰属を強化する傾向があるという事実は強調しておいたほうがよいかもしれません。ある社会のなかで不信が広がっているとき、心のもっとも内奥に根ざすものが人と人を結びつける最後のよりどころとなるものです。政治の自由、連帯の自由、学問の自由のすべてが阻害されているとき、信仰の場所が、人々が集まり議論することのできる、そして苦難に対して連帯を感じることのできる唯一の場所となります。どれだけの多くの人々が、「プロレタリアート」、「国際主義者」としてソヴィエト的世界に入り、かつて以上に「宗教的」、「民族的」になってそこから出ていったことでしょう。いまからふり返ってみると、「世俗的」だと言われていた独裁政治は、宗教的狂信の苗床であったように思えます。民主主義を伴わない世俗主義は、民主主義にとっても世俗主義にとっても悲惨な結果をもたらします。

しかし、ここらでやめておきましょう。こんなふうに反論ばかりしていたところで何の役に立つでしょう？　自由と正義に満ちた世界を希求する者にとって、いずれにしても独裁政治は容認できる解決策ではありません。そして、独裁政治が宗教的帰属、民族的帰属にかかわる、あるいはアイデンティティにかかわる問題を解決できないのは、いちいち註釈を加えるまでもなく明らかです。民主主義を選択するほかないのです。

民主主義の進展と文化的多様性の保護のために

ただそう言ったところで、大きく前進したことにはなりません。調和の取れた共存が根づくためには、「民主主義」と言うだけでは不十分です。至るところに民主主義はありますが、その逸脱は独裁政治の逸脱と同じくらい殺人的なものです。民主主義それ自体の基本原則の尊重にとっても、文化的多様性の保護にとっても、とりわけ危険だと思われる道がふたつあります。ひとつはもちろん、不条理なまでに押し進められる割り当て《クオータ》システムです。もうひとつは、その反対のオプション、つまり何の安全策も用意せずに数の論理だけを尊重するシステムです。

これらの道筋のうちの最初のものに関しては、言うまでもなくレバノンの例が——もちろんこれに限られるわけではありませんが——きわめて示唆的です。一時的に、コミュニティ間で権力が分配されることで、緊張が緩和され、人々が次第に「国民的コミュニティ」に帰属意識を抱くようになると期待されます。ところが、システムの論理はまったくちがう方向へ向かうのです。「お菓子」を分ける段になると、各コミュニティは分け前が少なすぎる、自分はあからさまな不公平の犠牲者であると考えがちだからです。そしてこうした恨みをつねにプロパガンダのテーマとしている政治家たちが存在します。

このようなエスカレートしていくいさかいに身を任せない指導者たちは少しずつ周縁に

追いやられていくことになります。たがいに異なる「部族」への帰属意識ばかりが強化され、国民的コミュニティへの帰属意識は減少していき、消滅するか、消滅も同然になってしまうのです。そこには、つねに悲痛な思いが――そしてときには流血の惨事が――伴います。西ヨーロッパであれば、ベルギーがそのようなケースであり、中近東であればレバノンがそうです。

やや図式的過ぎたかもしれませんが、「民族」問題を扱う際に、ある線を踏み越えてしまうと、このシナリオにしたがって事態が展開することになります。この線を越えたとたん、従来のさまざまなコミュニティへの帰属は、再定義され拡大された国民的アイデンティティに吸収されることなく、むしろ自分たちのアイデンティティそのものになってしまうのです。

国民的集合のなかに、あるいくつかの帰属――言語的、宗教的、地域的帰属など――を承認することで、しばしば緊張が緩和され、異なる市民集団間の関係が健全化されることがあります。しかしこれは安易には試みられない微妙なプロセスです。ほんの些細なことから、望んでいるのとは正反対の結果が生じるからです。ある少数派コミュニティの統合を容易にしようとしていたつもりが、二十年後に、その少数派を逃げ場のないゲットーに閉じ込めていたことが判明するのです。異なる市民集団のあいだの雰囲気を健全化する代わりに、非難や憎悪に満ちた要求の応酬がエスカレートするばかりのシステムを根づかせてしまうようなことが、そして政治家がそうしたことをみずからの存在理由と商売道具にするようなことが起こるのです。

あらゆる差別的行為は、それが苦悩にあえいできたコミュニティのためになされるのだとしても危険です。そんなふうにして、ひとつの不正義がまた別の不正義によって置き換えられ、憎悪と不信が深まるからだけではありません。より深刻なものだと私には思える原理的な理由があるのです。社会における個人の場所が、その人がどのコミュニティに属しているかによって決まるかぎり、私たちは分断を深めることしかできない歪んだシステムを永続させているのです。不平等や不公正を減らし、人種的、民族的、宗教的その他の緊張を緩和したいのなら、理性的な目標、賞賛に値する目標はひとつしかありません。市民の一人ひとりが、その帰属がいかなるものであれ、まったき市民として扱われるように行動することです。もちろん、そのような地平にはただちに到達することはできません。しかしだからといって、反対の方向に向かう理由はありません。

5

多数決の原理が民主主義を裏切るとき

割り当てと「コミュニタリアニズム」のシステムの逸脱によって、世界のさまざまな地域で数多くの悲劇が引き起こされてきました。それゆえ、これと反対の態度、つまり差異など無視して、どんなことであれ、公正とされる多数決にしたがって判断するほうが間違いないように思えます。

一見、こうした立場は純粋に民主主義的な良識を反映しているように見えます。市民のなかには、イスラム教徒、ユダヤ教徒、キリスト教徒、黒人、アジア人、ヒスパニック系、ワロン系、フラマン系がいるかもしれない。しかしそんなことに関係なく、誰もが選挙では一票を投じることができるのだから、普通選挙よりも素晴らしい法などあるわけない、というわけです。ただ、この素晴らしい「法」の問題点は、雲行きが怪しくなりはじめるとすぐにまともに機能しなくなってしまうことなのです。ドイツでは、一九二〇年代の初頭、普通選挙によって、世論を反映した連立政府が樹立されました。ところが、一九三〇年代の初頭には、この同じ普通選挙が深刻な社会危機と人種差別的プロパガンダのただなかで実施され、民主主義を廃止するに至ったのです。ドイツ国民が再び安心してみずからの意見を表現できるようになったときには、すでに何千万もの人々が死者となっていました。数の論理は必ずしもつねに民主主義や自由や平等の同義語ではありません。ときにそれは、専制や隷従や差別の同義語となるのです。

少数派が抑圧されているときには、自由投票は必ずしも少数派を解放してくれるわけではありません。むしろいっそう抑圧が強まりかねません。相当にナイーヴでもないかぎり

——あるいは、逆に相当にシニカルでもないかぎり——権力を多数派に任せれば、少数派の苦しみを軽減できるなどと信じることはできません。ルワンダでは、フツ族が人口の九割を、ツチ族が一割を占めています。いま「自由な」選挙を実施したところで、各民族の人口を示す統計調査にしかならないでしょう。何の防御策もなく数の論理を適用したら、行き着く先にあるのは殺戮か独裁政治でしょう。

偶然この例を取り上げたわけではありません。一九九四年の虐殺に伴う政治的な議論を詳しく見ればわかるように、狂信主義者たちは民主主義の名のもとに行動しているのだとたえず主張していました。そして自分たちの蜂起を一七八九年のフランス革命になぞらえてさえいました。ツチ族の抹殺は、ギロチンが君臨していた時代にロベスピエールとその仲間たちが行なったような特権階級の処刑と同じだというわけです。カトリックの神父のなかには、自分たちは「貧者の側」に立たねばならない、「その怒りを理解する」必要があると思い込んで、殺戮の共犯者になった者までいるくらいなのです。

こうした議論に私が不安を覚えるのは、それが殺戮者の唾棄すべき行為を賞賛すべきものに見せようとしているからだけではありません。この上もなく高邁な原則がどのようにして「流用」されうるかが示されているからです。民族的殺戮はつねに、もっとも美しい口実——正義、平等、独立、人民の権利、民主主義、特権に対する戦い——のもとになされるものです。近年さまざまな国で起こったことのせいで、普遍的なものであるべき概念がアイデンティティにかかわる紛争のなかで用いられるたびに、私たちはますます疑念を抱くようになっています。

普通選挙は万能の解決策ではない

差別をこうむっている人々のコミュニティのなかには、自国において多数派を占めているコミュニティもあります。たとえばアパルトヘイト撤廃以前の南アフリカ共和国がそうです。しかしたいていの場合は、その反対で、苦痛を強いられ、もっとも基本的な諸権利を奪われ、つねに恐怖と屈辱のなかで生きているのは少数派の人たちです。自分がピエールだとかマフードとかバルーフといった名であることを怖くて口にできないような、そしてそれが四世代、あるいは四十世代にもわたって続いているような国に生きていると想像してみてください。顔を見れば、どのような集団に属しているか肌色からすぐにわかるために、そして地域によっては「可視的な少数派」と呼ばれもする集団に属しているために、あえて自分の帰属を「告白」するまでもない国に生きていると想像してみてください。長々と説明しなくてもわかるはずです。「少数派」とか「多数派」といった言葉は必ずしもつねに民主主義の語彙に属するものではないのです。

比較的冷静な空気のなかで議論を闘わすことができなければ、民主主義の話などできるわけがありません。そして投票が意味を持つには、投票はあくまでもみずからの意見を表明するものでなければなりません。表現の自由そのものである意見投票が、おのれの民族や狂信やアイデンティティをただ機械的に表明するだけの投票に取って代わらなければなりません。コミュニタリアニズム的、人種的、全体主義的なロジックに人々がとらわれてしまったとき、民主主義者の役割は、世界中どこであれ、多数派の要望を優先させることではありません。抑圧されたものの権利を、必要とあれば数の論理に抗して尊重させることなのです。

民主主義において神聖なのは、価値なのであってメカニズムではありません。譲歩することなく絶対に尊重されるべきは、人間の尊厳です。老若男女を問わず、信仰や肌色を問わず、数の大小を問わず、すべての人間の尊厳なのです。選挙の方法はこの要請にふさわしいものでなければなりません。

普通選挙がそれほど大きな不正義をもたらすことなく、自由に行なわれるに越したことはありません。そうでないのであれば防御策を講じる必要があります。民主主義の大国たちは時おり、そうした手段を用いています。イギリスでは多数決による議決が絶対です。しかし、北アイルランドのカトリック少数派の問題を解決するために、無慈悲な数の論理だけを考慮に入れるのではない異なる投票方式を考え出したのです。最近フランスでも、特殊な問題が生じているコルシカでは、他の地域とは異なる地域的投票方式を採用することになりました。アメリカ合衆国では、住民が百万のロードアイランドの上院議員定数は二人なのですが、三千万の人口をかかえるカリフォルニアでも上院議員定数は二人です。これは数の論理には反していますが、巨大な州が小さな州をないがしろにしないよう建国の父らによって導入された仕組みなのです。

しかしここで、南アフリカについてもう一言だけ触れたいと思います。というのも、南アフリカではかつて誤解を招きかねないスローガンが掲げられていたからです。〈マジョリティー・ルール〉、多数派による政府というスローガンです。アパルトヘイトという文脈でなら、このような単純な言い方も理解できます。ただし、ネルソン・マンデラのような人たちがそうしたように、次のことははっきりさせておく必要があります。つまり、そこで目指されているのは、白人政府を黒人政府に取り替えることでもなければ、ひとつの差別をまた別の差別に置き換えることでもありません。出自がいかなるものであろうが、すべての市民に同じ政治的権利を与えること、そして、アフリカ系だろうが、ヨーロッパ系だろうが、アジア系だろうが、混血だろうが、自分たちの望む指導者を自由に選出させることなのです。

いつか黒人がアメリカ合衆国の大統領に選ばれ、南アフリカ共和国で白人の大統領が選ばれるかもしれないと考えて何がいけないでしょう。しかし内的な調和、統合、成熟のプロセスが効果的に進んではじめて、そうした可能性の実現を想像できるようになるのです。そのときついにそれぞれの候補者は、自分が受け継いできた帰属によってではなく、その人間的資質と主張にもとづいて、市民たちから判断されることになるでしょう。言うまでもありませんが、私たちはまだそのような段階にまで達していません。正直、それが実現されているようなところは、アメリカ合衆国だろうが、南アフリカ共和国だろうが、ほかの地域だろうが、どこにもありません。私は世界地図を探してみるのですが、候補者たちの宗教的あるいは民族的帰属に、選挙者たちが無関心であるようなところをひとつとして見つけることができません。

もっとも古い歴史を誇る民主的な社会においてさえ、柔軟さを欠いたところはまだまだあります。いまだに「ローマ・カトリック教徒」がロンドンで首相になるのは困難だろうと思います。フランスでは、プロテスタント少数派に対する偏見はもうありません。敬虔な信者であろうがなかろうが、プロテスタント信者はどんな高位のポストにも立候補できます。選挙区民が考慮するのは、彼の個人的資質と政治的な提案だけです。ところが他方で、フランス本土の六百ほどの選挙区において、国会議員に選出されたイスラム教徒はただの一人もいません。投票は、社会が社会自身とそれを構成する多様な要素についてどう考えているかを映し出すものでしかありません。投票は社会を診断する助けにはなっても、それだけでは決して治癒をもたらさないのです。

本の最後まで来て、こんなふうに長々とレバノンやルワンダや南アフリカや旧ユーゴスラヴィアの例について話すべきではなかったのかもしれません。この数十年のうちにこれらの地域を血まみれにしたドラマはあまりにメディアの話題となってきたので、これに比べると、他の緊張関係は無害で、たいしたものではないように見えるかもしれません。しかし――まだくり返すべきでしょうか？――いま現在、もとからの住民であれ、移民であれ、異なるさまざまな人々すべてを共生させるすべを考えないで済むような国などひとつとして存在しないのです。至るところに緊張が存在します。それらはいまのところ何とか抑えられていますが、一般的に悪化していく傾向が見られます。しかも問題が複数のレベルで同時に生じていることが多いのです。たとえば、ヨーロッパでは大部分の国々が、地域的あるいは言語的な問題、移民のコミュニティの存在と結びついた問題だけでなく、「大陸的な」問題も抱え込んでいます。これはまだそれほど深刻なものではありませんが、ヨーロッパ連合の統合が進むにつれますます顕在化していくでしょう。なんといっても、それぞれに独自の歴史、言語、自尊心を持った二十、三十の国々の「共同生活」を組織しなければならないわけですから。

もちろんバランス感覚は必要です。熱が出たからといってすべてがペストによる発熱ではありません。しかし、どんな熱に対しても肩をすくめるだけではだめです。インフルエンザが流行するかもしれません。ウイルスの進化はちゃんと監視しつづけるべきでしょう。

当たり前のことですが、どの「患者」も同じ治療を必要としているわけではありません。制度的な「防御策」が講じられなければならない場合もあります。「重大な既往歴」のある国については、殺戮や差別を阻止し、文化的多様性を維持するために、国際的なコミュニティによる積極的な監視が必要とされることもあるでしょう。他の大部分の国に対しては、主に社会的および知的な雰囲気の健全化を目指す、より繊細な矯正措置だけで十分です。しかし、アイデンティティの獣を飼い馴らす最善の方法を、落ち着いてグローバルに考察する必要性が至るところで感じられているのは確かです。

おわりに

　ここまで私の議論につきあってくださった人たちは、この考察の出発点にあった中心的な考え方は次のようなものだと知っても驚いたりしないでしょう。すなわち、たとえほんのわずかであっても、誰もが自分が生きている国に、そして今日の世界に一体感を感じられるようになるべきだ、と。そのために、その人自身も、個人か集団であるかを問わず彼の対話者も、ある一定数のふるまいと習慣を身につけなければなりません。

　私たちの誰もが、自分自身の多様性を受け入れ、自分のアイデンティティを自分のさまざまな帰属の総和として思い描くことができるよう励まされるべきです。自分のアイデンティティはただひとつしかないなどと思ってはいけません――それは至高の帰属とみなされ、排除の道具、ときには戦争の道具になってしまうでしょう。とりわけ出身文化が自分の生きる社会の文化と一致しない者たちに関しては、この人たちがあまりつらい思いをすることなく、この二重の帰属を受け入れられるようでなければなりません。彼らが自分の出身文化とのつながりを維持し、それを恥ずべき病気のように隠さなくてはいけないと感じないで済むよう、そして同時に、彼らが受け入れ国の文化に開かれていくようでなければなりません。

このような原則はもっぱら移民にしか関係がないように思えます。しかしこれはまた、ずっとひとつの社会で暮らしながらも、もともとの出身文化との感情的な結びつきを保ちつづけている者たち——なかでも私は現在〈アフリカ系アメリカ人〉という、その二重の帰属を表わす呼称で呼ばれているアメリカの黒人のことを念頭に置いています——にもかかわることなのです。この原則はまた、たったひとつしかない祖国において、宗教的、民族的、社会的、その他の理由から、自分のことを「少数派」だとか「疎外されている」と感じている者たちにもかかわってきます。誰もが心穏やかに自分の多様な帰属を生きられること。これこそ、その人自身の成熟にとっても、市民的平和にとっても、何よりも大切なことです。

同様にして社会もまた、多数の帰属をわがものとして受け入れるべきなのです。そのような多数の帰属こそが、歴史を通じて社会のアイデンティティを作り上げてきたのであり、なおも彫琢しつづけているのです。社会ははっきりと目に見えるシンボルを通して、多様性を受け入れていることを示す努力をすべきです。そうすれば、各人が自分を取り巻くものに一体感を感じられるでしょう。自分が暮らす国のイメージのなかに自分の姿を認めることができるでしょう。不安を感じ、ときには敵意を感じながら傍観者として暮らすのではなく、その国の一員として積極的な参加を促されていると感じられるでしょう。

もちろん、ひとつの国がそこにおのれの姿を認めることのできる帰属のどれもが、同じだけの重要性を持っているわけではありません。大切なのは、中身のない建前だけの平等を主張することではなく、さまざまな表現があって然るべきだとはっきり表明することです。たとえば、宗教的な観点からすれば、疑いようもなくフランスはカトリックの伝統が強い国です。しかしその事実は、フランスがプロテスタント的側面、ユダヤ的側面、イスラム的側面、そしてまた、あらゆる宗教に対してきわめて懐疑的な「ヴォルテール的」側面に、おのれの姿を認めることを妨げません。こうした側面のどれもが——リストは完全なものでありませんが——、この国の生活において、そしてその根本的なアイデンティティ観にとって重要な役割を果たしてきたし、いまも果たしているのです。

その上、フランス語もまた確実に多数の帰属からなるアイデンティティを持っています。もちろんまずラテン語があります。しかし同様にドイツ語、ケルト語。それに加えてアフリカ、アンティール諸島、アラブ、スラヴなどからもたらされたものがあります。さらに、より最近もたらされた他の影響もあります。こうしたものがフランス語を必ずしも損ねることなく豊かにしているのです。

ここではフランスの例だけを取り上げました。フランス語についてならもっと詳細に語ろうと思えばいくらでもできたでしょう。言うまでもありませんが、それぞれの社会は自分自身とおのれのアイデンティティについて、非常に独自の表象を持っています。新世界の国々、なかでもアメリカ合衆国にとっては、おのれのアイデンティティが多数の帰属からできていると認めたところで、原理的には何の問題も生じません。あらゆる大陸からやって来た移民たちがもたらしたものによってこの国はできているからです。しかし、こうした移民たち全員が同じ条件のもとにアメリカにやって来たわけではありません。よりよい生活を求めてやって来た者もいれば、わが意に反して無理矢理連れて来られた者もいました。気の遠くなるほど長く困難な、そしていまだ完成されざるプロセスの果てにしか、移民の子供たちと、コロンブスの到来以前にそこで暮らしていた者たちの子孫とが、彼らの生きる社会と完全に一体化することはできないでしょう。しかしここで問題を生じさせるのは、多様性の原則よりは、それをどう実行するかなのです。

他の場所では、国民的アイデンティティの問題はちがったかたちで問われます。心ならずも、事実上移民の土地となってしまった西ヨーロッパには、自分のアイデンティティを、ただ自分の文化だけを参照することによってしか思い描けない人々がいます。同じことは、長きにわたって分断され、独立を奪われてきた者たちにとりわけ当てはまります。彼らにとっては、歴史をつらぬく連続性は国家や国家的領土ではなく、文化的、民族的な結びつきによって保証されてきたからです。とはいえ、全体としてのヨーロッパは統一へ向かうかぎり、おのれのアイデンティティを、そのすべての言語的、宗教的、その他諸々の帰属の総和として思い描くべきなのです。もしヨーロッパがおのれの歴史を構成する要素のそれぞれを必要としなければ、そしてその未来の市民に向かって「みなさんはドイツ人やフランス人やイタリア人やギリシア人でありながら同時に、自分は完全なヨーロッパ人だと感じられるようでなくてはいけない」とはっきり言えないようであれば、ヨーロッパは単純に存在できないでしょう。

新しいヨーロッパを作り出すこと、それはヨーロッパのために、ヨーロッパを構成する各国のために、そしておそらくいくぶんかは残りの世界のために、新しいアイデンティティの概念を作り出すことなのです。

この例についても、アメリカの例やその他の数多くの例と同様に、言うべきことはたくさんあります。詳細に論じたいのはやまやまですが、ここではただ、私には重要だと思える、アイデンティティの「機能」という側面についてのみ触れておきたいと思います。人間というものは、ある国とか統一ヨーロッパのような全体に所属すると、それを構成するさまざまな要素のそれぞれに近しさを感じないではいられないものです。確かにひとは、自分自身の文化に対しては、特別な関係とある種の責任を持ちつづけます。しかし、他の構成要素とのあいだにも同じような関係は結ばれるのです。ピエモンテ人は、自分がイタリア人だと感じた瞬間から、たとえ個人的にはトリノやその過去に対して特別な愛情を感じているのだとしても、ヴェネツィアやナポリの歴史に関心を持たないではいられません。同様に、このイタリア人が自分をヨーロッパ人だと感じれば感じるほど、彼はアムステルダムやリユーベックのたどってきた歴史に無関心ではいられなくなり、その歴史に親しむようになるのです。こうしたことが起こるにはおそらくまだ二世代か三世代はかかるでしょう。場合によってはさらにもう少し時間がかかるかもしれません。しかしすでに、あたかも大陸全体が自分の母国であり、そのすべての住人が自分の同国人であるかのようにふるまっている若いヨーロッパ人たちがいることを私は知っています。

自分のなかにあるいくつもの帰属のそれぞれが必要なのだ、と大きな声で言うこの私自身、私が生まれた地域が同じ道のりをたどって、部族の時代、聖戦の時代、殺人的なアイデンティティの時代をあとにして、何か共通のものを作り上げる日が来ることを夢見ずにはいられません。私がレバノンやフランスやヨーロッパをそう呼んでいるように、中近東全体を「母国」と呼べる日が来ることを、そのすべての息子たちを、いかなる宗派や出自のイスラム教徒、ユダヤ教徒、キリスト教徒であれ、「同国人」と呼べる日が来ることを夢見ています。ついついあれこれ先走って考えてしまう私の頭のなかでは、それはもう起こっているのですが、いつか現実に、誰にとってもそれが実現することを願っています。

残念ですが、ここで括弧を閉じて、冒頭の私の発言に立ち戻り、私が個々の国についてすでに言ったことを、よりグローバルな視点から言い直してみましょう。すなわち、現在生まれつつある共通の文明から、誰ひとりとして排除されていると感じることがあってはなりません。各人がその共通の文明のなかに自分のアイデンティティの言語を、自分自身の文化を表わすシンボルのいくつかを見出せるようでなくてはいけません。そしてまた各人が理想化された過去に避難するのではなく、周囲の世界にいままさに生まれつつあるのに、たとえわずかでも一体感を感じられなくてはなりません。

同様に、各人が自分のアイデンティティだと考えているもののなかに、新しい世紀、新しい千年紀においてますます重要性を増すことになる、新しい構成要素を含むことができなければなりません。その要素とは、人類の冒険に自分も参加しているという感情にほかなりません。

こういったことがおおよそ、アイデンティティの欲望とその殺人的な逸脱に関して私が言いたかったことなのです。私の目的が、問いを徹底的に論じつくすことだったとしたら、私はまだ最初のつぶやきの段階にしかたどり着いていません。ひとつのパラグラフを書くたびに、さらにもう二十パラグラフを付け加えたくなったくらいです。読み返してみると、内容にふさわしい口調——冷たすぎず、熱しすぎず——で書けているのか、説得力のある議論ができているのか、申し分のない表現ができているのか、自信はありません。でも、そんなことはどうでもいいのです。私はただいくつかの考えを提示し、証言したかっただけなのです。これまでずっと気にかかってきた主題、そして私が生まれ落ちた、かくも魅惑的で、かくも混乱したこの世界を観察していると、ますます気になってくる主題について、みなさんにも考えてもらいたかっただけなのです。

ふつう最後の頁にたどり着いた作者のもっとも切なる願いは、自分の本が百年後、二百年後も読まれていることです。もちろん、どうなるかは誰にもわかりません。永遠でありたいと願いつつも翌日には忘れられてしまう本もあれば、子供の娯楽だと思われていた本がずっと読まれつづけることもあります。しかし、人間というものはつねに望みを抱くものです。

この本に関しては、これは娯楽の本でも文学作品でもありませんが、いま申し上げたこととと反対のことを願うばかりです。私の孫が大人になったとき、この本を偶然、家族の書棚に見つけるのです。埃をぱんぱんと払い、ぱらぱらっと目を通したあと、すぐにそれを埃っぽい元の場所に戻すと、肩をすくめて、こんなふうに驚くのです。へえ、おじいちゃんの時代には、まだこんなことを言わなきゃいけなかったんだ。

本書は、ちくま学芸文庫オリジナルである。

オーギュスト・コント　清水幾太郎

フランス革命と産業革命という近代の始まりに直面したコントは、諸学の総合として社会学を創った。その歴史を辿り、現代的意味を解き明す。（若林幹夫）

20世紀思想を読み解く　塚原史

「自由な個人」から「全体主義的な群衆」へ。人間という存在が劇的に変質した世紀の思想を、無意味・未開・狂気等キーワードごとに解読する。

緑の資本論　中沢新一

『資本論』の核心である価値形態論を一神教的に再構築することで、自壊する資本主義からの脱出の道を考察した、画期的論考。（矢田部和彦）

反＝日本語論　蓮實重彦

仏文学者の著者、フランス語を母国語とする夫人、日仏両語で育つ令息。三人が遭う言語的葛藤から見えてくるものとは？（シャンタル蓮實）

橋爪大三郎の社会学講義　橋爪大三郎

この社会をどう見、どう考え、どう対すればよいのか。自分の頭で考えるための基礎訓練をしよう。世界の見方が変わる骨太な実践的講義。新編集版。

橋爪大三郎の政治・経済学講義　橋爪大三郎

政治は、経済は、どう動くのか。この時代を生きるために、日本と世界の現実を見定める目を養い、考える材料を蓄え、構想する力を培う基礎講座！

フラジャイル　松岡正剛

なぜ、弱さは強さよりも深いのか？　薄弱・断片・あやうさ・境界・異端……といった感覚に光をあて、「弱さ」のもつ新しい意味を探る。（高橋睦郎）

言葉とは何か　丸山圭三郎

言語学・記号学についての優れた入門書。ソシュール研究の泰斗が、平易な語り口で言葉の謎に迫る。術語・人物解説、図書案内付き。（中尾浩）

ニーチェ　オンフレ／ロワ　國分功一郎訳

現代哲学の扉をあけた哲学者ニーチェ。激烈な思想に似つかわしくも激しいその生涯を描く。フランス発のオールカラー・グラフィック・ノベル。

空間の詩学　ガストン・バシュラール　岩村行雄訳

家、宇宙、貝殻など、さまざまな空間が喚起する詩的イメージ。新たなる想像力の現象学を提唱し、人間の夢想に迫るバシュラール詩学の頂点。

リキッド・モダニティを読みとく　ジグムント・バウマン　酒井邦秀訳

変わらぬ確かなものなどもはや何一つない現代世界。社会学の泰斗が身近な出来事や世相から〈液状化〉の具体相に迫る真摯で痛切な論考。文庫オリジナル。

社会学の考え方〔第2版〕　ジグムント・バウマン／ティム・メイ　奥井智之訳

日常世界はどのように構成されているのか。日々変化する現代社会をどう読み解くべきか。読者を〈社会学的思考〉の実践へと導く最高の入門書。新訳。

コミュニティ　ジグムント・バウマン　奥井智之訳

グローバル化し個別化する世界のなかで、コミュニティはいかなる様相を呈しているか。安全をとるか、自由をとるか。代表的社会学者が根源から問う。

ウンコな議論　ハリー・G・フランクファート　山形浩生訳／解説

ごまかし、でまかせ、いいのがれ。なぜ世の中、こんなものがみちるのか。道徳哲学の泰斗がその正体とカラクリを解く。爆笑必至の訳者解説を付す。

世界リスク社会論　ウルリッヒ・ベック　島村賢一訳

迫りくるリスクは我々から何を奪い、何をもたらすのか。『危険社会』の著者が、近代社会の根本原理をくつがえすリスクの本質と可能性に迫る。

民主主義の革命　エルネスト・ラクラウ／シャンタル・ムフ　西永亮／千葉眞訳

グラムシ、デリダらの思想を摂取し、根源的で複数的なデモクラシーへ向けて、新たなヘゲモニー概念を提示した、ポスト・マルクス主義の代表作。

鏡の背面　コンラート・ローレンツ　谷口茂訳

人間の認識システムはどのように進化してきたのか、そしてその特徴とは。ノーベル賞受賞の動物行動学者が試みた抱括的知識による壮大な総合人間哲学。

人間の条件　ハンナ・アレント　志水速雄訳

人間の活動的生活を《労働》《仕事》《活動》の三側面から考察し、《労働》優位の近代世界を思想史的に批判したアレントの主著。（阿部齊）

革命について
ハンナ・アレント
志水速雄 訳
《自由の創設》をキイ概念としてアメリカとヨーロッパの二つの革命を比較・考察し、その最良の精神を二〇世紀の惨状から救い出す。（川崎修）

暗い時代の人々
ハンナ・アレント
阿部齊 訳
自由が著しく損なわれた時代を自らの意思に従い行動し、生きた人々。政治・芸術・哲学への鋭い示唆を含み描かれる普遍的人間論。（村井洋）

責任と判断
ハンナ・アレント
ジェローム・コーン編
中山元 訳
思想家ハンナ・アレント後期の未刊行論文集。人間の責任の意味と判断の能力を考察し、考える能力の喪失により生まれる〈凡庸な悪〉を明らかにする。

政治の約束
ハンナ・アレント
ジェローム・コーン編
高橋勇夫 訳
われわれにとって「自由」とは何であるのか――。政治思想の起源から到達点までを描き、政治的経験の意味に根底から迫った、アレント思想の精髄。

プリズメン
Th・W・アドルノ
渡辺祐邦／三原弟平 訳
「アウシュヴィッツ以後、詩を書くことは野蛮である」。果てしなく進行する大衆の従順化と、絶対的物象化の時代における文化批判のあり方を問う。

哲学について
ルイ・アルチュセール
今村仁司 訳
カトリシズムの救済の理念とマルクス主義の解放の思想との統合をめざしフランス現代思想を領導した孤高の哲学者。その到達点を示す歴史的文献。

スタンツェ
ジョルジョ・アガンベン
岡田温司 訳
西洋文化の豊饒なイメージの宝庫を自在に横切り、愛・言葉そして喪失の想像力が表象に与えた役割をたどる。21世紀を牽引する哲学者の博覧強記。

アタリ文明論講義
ジャック・アタリ
林昌宏 訳
歴史を動かすのは先を読む力だ。混迷を深める現代文明の行く末を見通し対処するにはどうすればよいのか。「欧州の知性」が危難の時代を読み解く。

プラトンに関する十一章
アラン
森進一 訳
『幸福論』が広く静かに読み継がれているモラリスト、アラン。卓越した哲学教師でもあった彼が平易かつ明快にプラトン哲学の精髄を説いた名著。

コンヴィヴィアリティのための道具

イヴァン・イリイチ
渡辺京二／渡辺梨佐訳

破滅に向かう現代文明の大転換はまだ可能だ！ 人間本来の自由と創造性が最大限活かされる社会をどう作るか。イリイチが遺した不朽のマニフェスト。

重力と恩寵

シモーヌ・ヴェイユ
田辺保訳

「重力」に似たものから、どのようにして免れればよいのか……ただ「恩寵」によって。苛烈な自己無化への意志に貫れた、独自の思索の断想集。ティボン編。

工場日記

シモーヌ・ヴェイユ
田辺保訳

人間のありのままの姿を知り、愛し、そこで生きたい――女工となった哲学者が、極限の状況で自己犠牲と献身について考え抜き、克明に綴った、魂の記録。

青色本

L・ウィトゲンシュタイン
大森荘蔵訳

「語の意味とは何か」。端的な問いかけで始まるこのコンパクトな書は、初めて読むウィトゲンシュタインとして最適な一冊。（野矢茂樹）

法の概念〔第3版〕

H・L・A・ハート
長谷部恭男訳

法とは何か。ルールの秩序という観念でこの難問に立ち向かい、法哲学の新たな地平を拓いた名著。批判に応える「後記」を含め、平明な新訳でおくる。

解釈としての社会批判

マイケル・ウォルツァー
大川正彦／川本隆史訳

社会の不正を糺すのに、普遍的な道徳を振りかざすだけでは有効でない。暮らしに根ざしながら同時にラディカルな批判が必要だ。その可能性を探究する。

ポパーとウィトゲンシュタインとのあいだで交わされた世上名高い10分間の大激論の謎

デヴィッド・エドモンズ／ジョン・エーディナウ
二木麻里訳

このすれ違いは避けられない運命だった？ 二人の思想の歩み、そして大激論の真相に、ウィーン学団の人間模様やヨーロッパの歴史的背景から迫る。

大衆の反逆

オルテガ・イ・ガセット
神吉敬三訳

二〇世紀の初頭、《大衆》という現象の出現とその功罪を論じながら、自ら進んで困難に立ち向かう《真の貴族》という概念を対置した警世の書。

死にいたる病

S・キルケゴール
桝田啓三郎訳

死にいたる病とは絶望であり、絶望を深く自覚し神の前に自己をすてる。実存的な思索の深まりをデンマーク語原著から訳出し、詳細な注を付す。

ムッソリーニ　ロマノ・ヴルピッタ

統一国家となって以来、イタリア人が経験した激動の歴史。その象徴ともいうべき指導者の実像とは。既成のイメージを刷新する画期的ムッソリーニ伝。

中華人民共和国史十五講　王丹　加藤敬事訳

八九年天安門事件の学生リーダー王丹。逮捕・収監後、亡命先で母国の歴史を学び直し、敗者たちの透徹した認識を復元する、鎮魂の共和国六〇年史。

ツタンカーメン発掘記（上）　ハワード・カーター　酒井傳六／熊田亨訳

黄金のマスク、王のミイラ、数々の秘宝。エジプト考古学の新時代の扉を開いた世紀の発見の全記録。上巻は王家の谷の歴史と王墓発見までを収録。

ツタンカーメン発掘記（下）　ハワード・カーター　酒井傳六／熊田亨訳

王墓発見の報が世界を駆けめぐり発掘された遺物が注目を集める中、ついに黄金の棺が開かれ、カーターは王のミイラと対面する。　（屋形禎亮）

王の二つの身体（上）　E・H・カントーロヴィチ　小林公訳

王の可死の身体は、いかにして不可死の身体へと変容するのか。異貌の亡命歴史家による最もラディカルな「王権の解剖学」。待望の文庫化。

王の二つの身体（下）　E・H・カントーロヴィチ　小林公訳

王朝、王冠、王の威厳。権力の自己荘厳のメカニズムを冷徹に分析する中世政治神学研究の金字塔。必読の問題作。全2巻。

世界システム論講義　川北稔

近代の世界史を有機的な展開過程として捉える見方、それが〈世界システム論〉にほかならない。第一人者が豊富なトピックとともにこの理論を解説する。

裁判官と歴史家　カルロ・ギンズブルグ　上村忠男／堤康徳訳

一九七〇年代、左翼闘争の中で起きた謎の殺人事件。冤罪とも騒がれるその裁判記録の分析に著者が挑み、歴史家のとるべき態度と使命を鮮やかに示す。

中国の歴史　岸本美緒

中国とは何か。独特の道筋をたどった中国社会の変遷を、東アジアとの関係に留意して解説。初期王朝から現代に至る通史を簡明かつダイナミックに描く。

大都会の誕生
喜安朗　川北稔

都市型の生活様式は、歴史的にどのように形成されてきたのか。この魅力的な問いに、碩学がふたつの都市の豊富な事例をふまえて重層的に描写する。

共産主義黒書〈ソ連篇〉
ステファヌ・クルトワ／ニコラ・ヴェルト
外川継男訳

史上初の共産主義国家〈ソ連〉は、大量殺人・テロル・強制収容所を統治形態にまで高めた。レーニン以来行われてきた犯罪を赤裸々に暴いた衝撃の書。

共産主義黒書〈アジア篇〉
ステファヌ・クルトワ／ジャン＝ルイ・マルゴラン
高橋武智訳

アジアの共産主義国家は抑圧政策においてソ連以上の悲惨を生んだ。中国、北朝鮮、カンボジアなどでの実態は我々に歴史の重さを突き付けてやまない。

ヨーロッパの帝国主義
アルフレッド・W・クロスビー
佐々木昭夫訳

15世紀末の新大陸発見以降、ヨーロッパ人はなぜ次々と植民地を獲得できたのか。病気や動植物に着目して帝国主義の謎を解き明かす。（川北稔）

民のモラル
近藤和彦

統治者といえど時代の約束事に従わざるをえなかった18世紀イギリス。新聞記事や裁判記録、ホーガースの風刺画などから騒擾と制裁の歴史をひもとく。

増補 大衆宣伝の神話
佐藤卓己

祝祭、漫画、シンボル、デモなど政治の視覚化は大衆の感情をどのように動員したか。ヒトラーが学んだプロパガンダを読み解く「メディア史」の出発点。

ユダヤ人の起源
シュロモー・サンド
高橋武智監訳
佐々木康之／木村高子訳

〈ユダヤ人〉はいかなる経緯をもって成立したのか。歴史記述の精緻な検証によって実像に迫り、そのアイデンティティを根本から問う画期的試論。

中国史談集
澤田瑞穂

皇帝、彫青、男色、刑罰、宗教結社など中国裏面史を彩った人物や事件を中国文学の碩学が独自の視点で解き明かす。怪力乱「神」をあえて語る！（堀誠）

同時代史
タキトゥス
國原吉之助訳

古代ローマの暴帝ネロ自殺のあと内乱が勃発。絡みあう人間ドラマ、陰謀、凄まじい政争を、臨場感あふれる鮮やかな描写で展開した大古典。（本村凌二）

秋風秋雨人を愁殺す　武田泰淳

辛亥革命前夜、疾風のように駆け抜けた美貌の若き女性革命家秋瑾の生涯。日本刀を鍾愛した烈女秋瑾の思想と人間像を浮き彫りにした評伝の白眉。

歴史（上・下）　トゥキュディデス　小西晴雄訳

野望、虚栄、裏切り——古代ギリシアを殺戮の嵐に陥れたペロポネソス戦争とは何だったのか。その全貌を克明に記した、人類最古の本格的「歴史書」。

日本陸軍と中国　戸部良一

中国スペシャリストとして活躍し、日中提携を夢見た男たち。なぜ彼らが、泥沼の戦争へと日本を導くことになったのか。真相を追う。（五百旗頭真）

カニバリズム論　中野美代子

根源的タブーの人肉嗜食や纏足、宦官……。目を背けたくなるものを冷静に論ずることで逆説的に人間の真実に迫る血の滴る異色の人間史。（山田仁史）

帝国の陰謀　蓮實重彦

一組の義兄弟による陰謀から生まれたフランス第二帝政。「私生児」の義弟が遺した二つのテクストを読解し、近代的現象の本質に迫る。（入江哲朗）

戦争の起源　アーサー・フェリル　鈴木主税／石原正毅訳

人類誕生とともに戦争は始まった。先史時代からアレクサンドロス大王までの壮大なるその歴史をダイナミックに描く。地図・図版多数。（森谷公俊）

近代ヨーロッパ史　福井憲彦

ヨーロッパの近代は、その後の世界を決定づけた。現代をさまざまな面で規定しているヨーロッパ近代の歴史と意味を、平明かつ総合的に考える。

ルーベンス回想　ヤーコプ・ブルクハルト　新井靖一訳

19世紀ヨーロッパを代表する歴史家ブルクハルトが、「最大の絵画的物語作者」ルーベンスの絵画の本質を、作品テーマに即して解説する。新訳。

売春の社会史（上）　バーン＆ボニー・ブーロー　香川檀／家本清美／岩倉桂子訳

売春の歴史を性と社会的な男女関係の歴史としてとらえた初の本格的通史。図版多数。「売春の起源」から「宗教改革と梅毒」までを収録。

売春の社会史（下）

バーン&ボニー・ブーロー 香川檀／家本清美／岩倉桂子訳

様々な時代や文化的背景における売春の全体像を十全に描き、社会政策への展開を探る。「王侯と平民」から「変わりゆく二重規範」までを収録。

はじめてわかる ルネサンス

ジェリー・ブロトン 高山芳樹訳

ルネサンスは芸術だけじゃない！ 東洋との出会い、科学と哲学、宗教改革など、さまざまな角度から光をあてて真のルネサンス像に迫る入門書。

匪賊の社会史

エリック・ホブズボーム 船山榮一訳

抑圧的権力から民衆を守るヒーローと讃えられてきた善きアウトローたち。その系譜や生き方を追い、暴力と権力のからくりに迫る幻の名著。

20世紀の歴史（上）

エリック・ホブズボーム 大井由紀訳

第一次世界大戦の勃発が20世紀の始まりとなった。この「短い世紀」の諸相を英国を代表する歴史家が渾身の力で描く。全二巻、文庫オリジナル新訳。

20世紀の歴史（下）

エリック・ホブズボーム 大井由紀訳

一九七〇年代を過ぎ、世界に再び危機が訪れる。不確実性がいやますなか、ソ連崩壊が20世紀の終焉を印した。歴史家の考察は我々に何を伝えるのか。

アラブが見た十字軍

アミン・マアルーフ 牟田口義郎／新川雅子訳

十字軍とはアラブにとって何だったのか？ 豊富な史料を渉猟し、激動の12、13世紀をあざやかに、しかも手際よくまとめた反十字軍史。

バクトリア王国の興亡

前田耕作

ゾロアスター教が生まれ、のちにヘレニズムが開花したバクトリア。様々な民族・宗教が交わるこの地に栄えた王国の歴史を描く唯一無二の概説書。

ディスコルシ

ニッコロ・マキァヴェッリ 永井三明訳

ローマ帝国はなぜあれほどまでに繁栄しえたのか。その鍵は〝ヴィルトゥ〟。パワー・ポリティクスの教祖が、したたかに歴史を解読する。

戦争の技術

ニッコロ・マキァヴェッリ 服部文彦訳

出版されるや否や各国語に翻訳された最強にして安全な軍隊の作り方。この理念により創設された新生フィレンツェ軍は一五〇九年、ピサを奪回する。

マクニール世界史講義
ウィリアム・H・マクニール
北川知子訳
ベストセラー『世界史』の著者が人類の歴史を読み解くための三つの視点を易しく語る白熱の入門講義。本物の歴史感覚を学べます。文庫オリジナル。

古代ローマ旅行ガイド
フィリップ・マティザック
安原和見訳
タイムスリップして古代ローマを訪れるなら？　そんな想定で作られた前代未聞のトラベル・ガイド。必見の名所・娯楽ほか情報満載。カラー頁多数。

アレクサンドロスとオリュンピアス
森谷公俊
彼女は怪しい密儀に没頭し、残忍に邪魔者を殺す悪女なのか、息子を陰で支え続けた賢母なのか。大王母の激動の生涯を追う。（澤田典子）

古代地中海世界の歴史
本村凌二
中村るい
メソポタミア、エジプト、ギリシア、ローマ——古代に花開き、密接な交流や抗争をくり広げた文明を一望に見渡し、歴史の躍動を大きくつかむ！

増補　十字軍の思想
山内進
欧米社会にいまなお色濃く影を落とす「十字軍」の思想。人々を聖なる戦争へと駆り立てるものとは？　その歴史を辿り、キリスト教世界の深層に迫る。

向う岸からの世界史
良知力
「歴史なき民」こそが歴史の担い手であり、革命の主体であった。著者の思想史から社会史への転換点を示す記念碑的作品。（阿部謹也）

増補　魔都上海
劉建輝
摩天楼、租界、アヘン。近代日本が耽溺し利用し侵略した街。驚異的発展の後なお郷愁をかき立ててやまない上海の歴史の魔力に迫る。（海野弘）

子どもたちに語るヨーロッパ史
ジャック・ル・ゴフ
前田耕作監訳
川崎万里訳
歴史学の泰斗が若い人に贈る、とびきりの入門書。地理的要件や歴史、とくに中世史を、たくさんのエピソードとともに語った魅力あふれる一冊。

隊商都市
ミカエル・ロストフツェフ
青柳正規訳
通商交易で繁栄した古代オリエント都市のペトラ、パルミュラなどの遺跡に立ち、往時に思いを馳せたロマン溢れる歴史紀行の古典的名著。（前田耕作）

法然の衝撃　阿満利麿

法然こそ日本仏教を代表する巨人であり、ラディカルな革命家だった。鎮魂慰霊を超えて救済の原理を指し示した思想の本質に迫る。

親鸞・普遍への道　阿満利麿

絶対他力の思想はなぜ、どのように誕生したのか。日本の精神風土と切り結びつつ普遍的救済への回路を開いた親鸞の思想の本質に迫る。（西谷修）

歎異抄　阿満利麿訳／注／解説

没後七五〇年を経てなお私たちの心を捉える、親鸞の言葉。わかりやすい注と現代語訳、今どう読んだらよいか道標を示す懇切な解説付きの決定版。

親鸞からの手紙　阿満利麿

現存する親鸞の手紙全42通を年月順に編纂し、現代語訳と解説で構成。これにより、親鸞の人間的苦悩と宗教的深化が、鮮明に現代に立ち現れる。

行動する仏教　阿満利麿

戦争、貧富の差、放射能の恐怖……。このどうしようもない世の中ででも、絶望せずに生きてゆける、21世紀にふさわしい新たな仏教の提案。

無量寿経　阿満利麿注解

なぜ阿弥陀仏の名を称えるだけで救われるのか。法然や親鸞がその理解に心血を注いだ経典の本質を、懇切丁寧に説き明かす。文庫オリジナル。

道元禅師の『典座教訓』を読む　秋月龍珉

「食」における禅の心とはなにか。道元が禅寺の食事係である典座の心構えを説いた一書を現代人の日常の視点で読み解き、禅の核心に迫る。（竹村牧男）

原典訳 アヴェスター　伊藤義教訳

ゾロアスター教の聖典『アヴェスター』から最重要部分を精選。原典から訳出した唯一の邦訳である。比較思想に欠かせない必携書。（前田耕作）

カトリックの信仰　岩下壮一

神の知恵への人間の参与とは何か。近代日本カトリシズムの指導者・岩下壮一が公教要理を詳説し、キリスト教の精髄を明かした名著。（稲垣良典）

十牛図

上田閑照
柳田聖山

禅の古典「十牛図」を手引きに、自己と他、自然と人間、自身への関わりを通し、真の自己への道を探る。現代語訳と詳注を併録。（西村惠信）

原典訳 ウパニシャッド

岩本裕編訳

インド思想の根幹であり後の思想の源ともなったウパニシャッド。本書では主要篇を抜粋、梵我一如、輪廻・業・解脱の思想を浮き彫りにする。（立川武蔵）

世界宗教史（全8巻）

ミルチア・エリアーデ

宗教現象の史的展開を膨大な資料を博捜し著された人類の壮大な精神史。エリアーデの遺志にそって共同執筆された諸地域の宗教の巻を含む。

世界宗教史 1

ミルチア・エリアーデ
中村恭子訳

人類の原初の宗教的営みに始まり、メソポタミア、古代エジプト、インダス川流域、ヒッタイト、地中海地域、初期イスラエルの諸宗教を収める。

世界宗教史 2

ミルチア・エリアーデ
松村一男訳

20世紀最大の宗教学者のライフワーク。本巻はヴェーダの宗教、ゼウスとオリュンポスの神々、ディオニュソス信仰等を収める。（荒木美智雄）

世界宗教史 3

ミルチア・エリアーデ
島田裕巳訳

仰韶、竜山文化から孔子、老子までの古代中国の宗教と、バラモン、ヒンドゥー、仏陀とその時代、オルフェウスの神話、ヘレニズム文化などを考察。

世界宗教史 4

ミルチア・エリアーデ
柴田史子訳

ナーガールジュナまでの仏教の歴史とジャイナ教から、ヒンドゥー教の総合、ユダヤ教の試練、キリスト教の誕生などを収録。（島田裕巳）

世界宗教史 5

ミルチア・エリアーデ
鶴岡賀雄訳

古代ユーラシア大陸の宗教、八―九世紀までのキリスト教、ムハンマドとイスラーム、イスラームと神秘主義、ハシディズムまでのユダヤ教など。

世界宗教史 6

ミルチア・エリアーデ
鶴岡賀雄訳

中世後期から宗教改革前夜までのヨーロッパの宗教運動、宗教改革前後における宗教、魔術、ヘルメス主義の伝統、チベットの諸宗教を収録。

世界宗教史7
ミルチア・エリアーデ
奥山倫明／木塚隆志／深澤英隆訳

エリアーデ没後、同僚や弟子たちによって完成された最終巻の前半部。メソアメリカ、インドネシア、オセアニア、オーストラリアなどの宗教。

世界宗教史8
ミルチア・エリアーデ
奥山倫明／木塚隆志／深澤英隆訳

西・中央アフリカ、南・北アメリカの宗教、日本の神道と民俗宗教。啓蒙期以降ヨーロッパの宗教的創造性と世俗化などを収録。全8巻完結。

シャーマニズム(上)
ミルチア・エリアーデ
堀一郎訳

二〇世紀前半までの民族誌的資料に依拠し、宗教史学の立場から構築されたシャーマニズム研究の金字塔。エリアーデの代表的著作のひとつ。

シャーマニズム(下)
ミルチア・エリアーデ
堀一郎訳

宇宙論的・象徴論的概念を提示した解釈は、霊魂の離脱（エクスタシー）という神話的な人間理解として現在も我々の想象力を刺激する。（奥山倫明）

回教概論
大川周明

最高水準の知性を持つと言われたアジア主義者の力作。イスラム教の成立経緯や、経典などの要旨が的確に記された第一級の概論。（中村廣治郎）

原典訳 チベットの死者の書
川崎信定訳

死の瞬間から次の生までの間に魂が辿る四十九日の旅――中有（バルドゥ）のありさまを克明に描き、死者に正しい解脱の方向を示す指南の書。

インドの思想
川崎信定

多民族、多言語、多文化。これらを併存させるインドという国を作ってきた考え方とは。ヒンドゥー教や仏教等、主要な思想を案内する恰好の入門書。

旧約聖書の誕生
加藤隆

旧約聖書は多様な見解を持つ文書を寄せ集めて作られた書物である。各文書が成立した歴史的事情から旧約を読み解く。現代日本人のための入門書。

神道
トーマス・カスーリス
衣笠正晃訳
守屋友江監訳

日本人の精神構造に大きな影響を与え、国の運命をも変えてしまった「カミ」の複雑な歴史を、米比較宗教学界の権威が鮮やかに描き出す。

ホームズと推理小説の時代　中尾真理

ホームズとともに誕生した推理小説。その歴史を黎明期から黄金期まで跡付け、隆盛の背景とその展開を豊富な基礎知識を交えながら展望する。

文学と悪　ジョルジュ・バタイユ　山本功訳

文学にとって至高のものとは、悪の極限を掘りあてることではないのか。サド、プルースト、カフカなど八人の作家を巡る論考。（吉本隆明）

来るべき書物　モーリス・ブランショ　粟津則雄訳

プルースト、アルトー、マラルメ、クローデル、ボルヘス、ブロッホらを対象に、20世紀フランスを代表する批評家が、その作品の精神に迫る。

ドストエーフスキー覚書　森有正

深い洞察によって導かれた、ドストエーフスキーを読むための最高の手引き。主要作品を通して絶望と死、自由、愛、善を考察する。（山城むつみ）

西洋文学事典　桑原武夫監修　黒田憲治／多田道太郎編

この一冊で西洋文学の大きな山を通読できる！ 20世紀の主要な作品とあらすじ、作者の情報や社会的トピックスをコンパクトに網羅。（沼野充義）

西洋古典学入門　久保正彰

古代ギリシア・ローマの作品を原本に近い形で復原すること。それが西洋古典学の使命である。ホメーロスなど、諸作品を紹介しつつ学問の営みを解説。

貞観政要　呉兢　守屋洋訳

大唐帝国の礎を築いた太宗が名臣たちと交わした政治問答集。編纂されて以来、帝王学の古典として屹立する。本書では、七十篇を精選・訳出。

シェイクスピア・カーニヴァル　ヤン・コット　高山宏訳

既存の研究に画期をもたらしたコットが、バフチーンのカーニヴァル理論を援用しシェイクスピア作品に流れる「歴史のメカニズム」を大胆に読み解く。

初学者のための中国古典文献入門　坂出祥伸

文学、哲学、歴史等「中国学」を学ぶ時、必須となる古典の基礎知識。文献の体裁、版本の知識、図書分類他を丁寧に解説する。反切とは？ 偽書とは？

詳講 漢詩入門
佐藤保
二千数百年の中国文学史の中でも高い地位を占める古典詩。その要点を、形式・テーマ・技巧等により系統だてて、初歩から分かりやすく詳しく学ぶ。

シュメール神話集成
杉勇／尾崎亨 訳
「洪水伝説」「イナンナの冥界下り」など世界最古の神話・文学十六篇を収録。ほかでは読むことのできない貴重な原典資料。豊富な訳注・解説付き。

エジプト神話集成
杉勇／屋形禎亮 訳
不死・永生を希求した古代エジプト人の遺した、ピラミッド壁面の銘文ほか、神への讃歌、予言、人生訓など重要文書約三十篇を収録。

宋名臣言行録
朱熹編／梅原郁編訳
北宋時代、総勢九十六名に及ぶ名臣たちの言動を大儒・朱熹が編纂。唐代の『貞観政要』と並ぶ帝王学の書であり、処世の範例集として今も示唆に富む。

資治通鑑
司馬光／田中謙二編訳
全二九四巻にもおよぶ膨大な歴史書『資治通鑑』のなかから、侯景の乱、安禄山の乱など名シーンを精選。破滅と欲望の交錯するドラマを流麗な訳文で。

十八史略
曾先之／今西凱夫訳／三上英司編
『史記』『漢書』『三国志』等、中国の十八の歴史書をまとめた『十八史略』から、故事成語、人物にまつわる名場面を各時代よりセレクト。（三上英司）

アミオ訳 孫子〔漢文・和訳完全対照版〕
守屋淳監訳・注解／臼井真紀訳
最強の兵法書『孫子』。この書を十八世紀ヨーロッパに紹介したアミオによる伝説の訳業がついに邦訳。その独創的解釈の全貌がいま蘇る。（伊藤大輔）

プルタルコス英雄伝（全3巻）
プルタルコス／村川堅太郎編
デルフォイの最高神官、故国の栄光を懐かしみつつローマの平和を享受した〝最後のギリシア人〟プルタルコスが生き生きと描く英雄たちの姿。

和訳 聊斎志異
蒲松齢／柴田天馬訳
中国清代の怪異短編小説集。仙人、幽霊、妖狐たちが繰り広げるおかしくも艶やかな話の数々。日本の文豪たちにも大きな影響を与えた一書。（南條竹則）

ちくま学芸文庫

アイデンティティが人《ひと》を殺《ころ》す

二〇一九年　五 月 十 日　第一刷発行
二〇二〇年十二月二十日　第五刷発行

著　者　アミン・マアルーフ
訳　者　小野正嗣（おの・まさつぐ）
発行者　喜入冬子
発行所　株式会社　筑摩書房
東京都台東区蔵前二―五―三　〒一一一―八七五五
電話番号　〇三―五六八七―二六〇一（代表）
装幀者　安野光雅
印刷所　星野精版印刷株式会社
製本所　株式会社積信堂

ISBN978-4-480-09926-6 C0198